小小说美文馆

主编

马国兴

吕双喜 ■

暖爱

通往梦城的火车

郑州大学出版社
郑州

图书在版编目(CIP)数据

暖爱:通往梦城的火车/马国兴,吕双喜主编. —郑州:
郑州大学出版社,2017.1
(小小说美文馆)
ISBN 978-7-5645-3664-0

Ⅰ.①暖⋯　Ⅱ.①马⋯②吕⋯　Ⅲ.①小小说-小说
集-中国-当代　Ⅳ.①I247.82

中国版本图书馆 CIP 数据核字(2016)第 309209 号

郑州大学出版社出版发行

郑州市大学路 40 号　　　　　　　　　邮政编码:450052

出版人:张功员　　　　　　　　　　　发行部电话:0371-66658405

全国新华书店经销

河南文华印务有限公司印制

开本:710 mm×1 000 mm　1/16

印张:10

字数:146 千字

版次:2017 年 1 月第 1 版　　　　　　印次:2017 年 1 月第 1 次印刷

书号:ISBN 978-7-5645-3664-0　　　定价:25.00 元
本书如有印装质量问题,请向本社调换

编委名单

主　编　马国兴　吕双喜

副主编　王彦艳　郗　毅

编　委　连俊超　牛桂玲　胡红影　陈　思

　　　　　李锦霞　段　明　孙文然　阿　莲

　　　　　阿　康　荣　荣　蔡　联　徐小红

　　　　　郭　恒

序

杨晓敏

书来到我们手上，就好像我们去了远方。

阅读的神妙之处，在于我们能够经由文字，在现实生活之外，构筑属于自己的精神生活。透过每篇文章，读者看到的不仅是故事与人物，也能读出作者的阅历，触摸一个人的心灵世界。就像恋爱，选择一本书也需要缘分，心性相投至关重要，阅读的过程中，你会发现他与自己的不同，而你非常喜欢，也会发现他与自己的相同，以至十分感动。阅读让我们超越了世俗意义上的羁绊，人生也渐渐丰厚起来。

在这个信息碎片化的网络时代，面对浩若烟海的读物，读者难免无所适从，而阅读选本无疑是一个不错的选择。从《诗经》到《唐诗三百首》再到《唐诗别裁》，从《昭明文选》到"三言二拍"再到《古文观止》，历代学者一直注重编辑诗文选本，千淘万漉，吹沙见金。鲁迅先生说过："凡选本，往往能比所选各家的全集更流行，更有作用。册数不多，而包罗诸作。"为承续前人的优秀传统，我们编选了"小小说美文馆"丛书。

当代中国，在生活节奏加快与高科技发展的影响下，传统的阅读与写作方式发生了深刻的变化，小小说应运而生，成为当下生活中的时尚性文体。作为一种深受社会各界读者青睐的文学读写形式，小小说对于提高全民族的大众的文化水平、审美鉴赏能力，提升整体国民素质，在潜移默化中起到了不可估量的作用。小小说注重思想内涵的深刻和艺术品质的锻造，小中见大、纸短情长，在写作和阅读上从者甚众，无不加速文学（文化）的中产阶级的形成，不断被更大层面的受众吸纳和消化，春雨润物般地为社会进步提供着最活跃的大众智力资本的支持。由此可见，小小说的文化意义大于它的文学意义，教育意义大于它的文化意义，社会意义又大于它的教育意义。

因为小小说文体的简约通脱、雅俗共赏的特征，就决定了它是属于大众文化的范畴。我曾提出，小小说是平民艺术，那是指小小说是大多数人都能阅读(单纯通脱)、大多数人都能参与创作(贴近生活)、大多数人都能从中直接受益(微言大义)的艺术形式。小小说作为一种文体创新,自有其相对规范的字数限定(一千五百字左右)、审美态势(质量精度)和结构特征(小说要素)等艺术规律上的界定。我提出的小小说是平民艺术,除了上述的三种功效和三个基本标准外,着重强调两层意思:一是指小小说应该是一种有较高品位的大众文化,能不断提升读者的审美情趣和认知能力;二是指它在文学造诣上有不可或缺的质量要求。

小小说贴近生活,具有易写易发的优势。因此,大量作品散见于全国数千种报刊中,作者也多来自民间,社会底层的生活使他们的创作左右逢源。一种文体的兴盛繁荣,需要有一批批脍炙人口的经典性作品奠基支撑,需要有一茬茬代表性的作家脱颖而出。所以,仅靠文学期刊,是无法垒砌高标准的巍巍文学大厦的。我们编选"小小说美文馆"丛书,是对人才资源和作品资源进行深加工,是新兴的小小说文体的集大成,意在进一步促进小小说文体自觉走向成熟,集中奉献出思想内容与艺术形式兼优的精品佳构,继而走进书店、走进主流读者的书柜并历久弥新,积淀成独特的文化景观,为小小说的阅读、研究和珍藏,起到推动促进的作用。

编选"小小说美文馆"丛书,我们选择作品的标准是思想内涵、艺术品位和智慧含量的综合体现。所谓思想内涵,是指作者赋予作品的"立意",它反映着作者提出(观察)问题的角度、深度和批判意识,深刻或者平庸,一眼可判高下。艺术品位,是指作品在塑造人物性格,设置故事情节,营造特定环境中,通过语言、文采、技巧的有效使用,所折射出来的创意、情怀和境界。而智慧含量,则属于精密判断后的"临门一脚",是简洁明晰的"临床一刀",解决问题的方法、手段和质量,见此一斑。

好书像一座灯塔,可以使我们在瞬息万变的社会不迷失自己的方向,并能在人生旅途中执着地守护心中的明灯。读书是一种积极的生活情趣,一个对未来的承诺。读书,可以使我们在人事已非的时候,自己的怀中还有一份让人感动的故事情节,静静地荡涤人世的风尘。当岁月像东去的逝水,不再有可供挥霍的青春,我们还有在书海中渐次沉淀和饱经洗练的智慧,当我们拈花微笑,于喧嚣红尘中自在地坐看云起的时候,不经意地挥一挥手,袖间,会有隐隐浮动的书香。

(杨晓敏,河南省作协副主席,郑州小小说文化传媒有限公司董事长、总编辑,《小小说选刊》《百花园》主编。)

目录

雪下得再大，也有停的时候

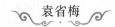

袁省梅

陈淑英觉得，这个星期六糟糕得不能再糟糕了。每个月最后一个周六，是陈淑英跟丈夫团聚的日子。可是，这个周六，她刚从工地出来，就下起了雪，而且一阵比一阵下得急。

陈淑英站在雪地里，想要打车，终是没有。打车到丈夫的工地得五十多元钱，坐公交车，五元钱就够了。况且，自己已到了站台。这样想着，陈淑英就暗笑自己矫情。等车的人非常多，一辆辆公交车却蜗牛般在风雪中磨磨蹭蹭地爬。好像过了几个世纪，她要乘坐的车才爬了过来。车晃晃悠悠停下时，陈淑英看见里面挤满了人，没有人下车，车外的人还在往里挤。

陈淑英没能挤上去。准确地说，陈淑英没有往车前去挤。

陈淑英不敢去挤。她担心自己身上的水泥点子、沙子、灰尘蹭到别人的身上。当然，她更担心别人的白眼。怎么说呢？来城里打工，就是为了跟丈夫离得近，能一个月见上一次。可是，每次乘车，她都要下很大的决心。不是她不想换上干净衣服再去乘车，实在是没有时间。从工地到车站再到丈夫的工地，如果不堵车，如果能及时坐上车，也要两个半小时。而他们，只有一晚上在一起的时间。她不想耽搁一分钟。雪地里，陈淑英眼看着一辆辆车满载着乘客，晃晃悠悠驶离，她把自己站成了一尊白色雕塑。

电话响了,是丈夫打来的,问她:"到哪儿了?"

她说:"还没坐上车。"

丈夫说:"打车来吧,雪下得这么大,冷。"

她开玩笑问丈夫:"给报销?"

丈夫说:"当然,连你一起报销。"

陈淑英笑得搅飞了好几朵雪花。

雪,下得越来越大了。"燕山雪花大如席。"陈淑英站在雪地里,突然想起这句诗,心里郁闷得要死。

"姐姐,坐车不?"一辆出租车滑到陈淑英身边。

陈淑英问:"到西郊多少钱?"

车里的女司机喊陈淑英"姐姐",说:"咱这有表啊。"

"优惠吗?"陈淑英的脸红了,又咕哝道,"这么大的雪。"

女司机扑哧笑了,说:"还要个折扣啊,咱这又不是飞机。"

女司机笑得陈淑英满脸通红,咬牙要坐车时,她看见自己满身灰的白的泥点子,又缩回身子,说:"算了吧,我这一身的灰,弄脏了你的车垫。"

女司机说没事,劝她上车,说:"这雪天,你再不走,就不好打车了。"

陈淑英心疼着车费，斜着身子上了车，又斜着屁股轻轻地坐下。

女司机斜她一眼，说："你安心坐吧，没事的。"

陈淑英看这个女司机挺客气，就更加不好意思，坐得也拘谨，也小心。

女司机的电话响了。陈淑英听出来对方是个男的，问女司机在哪儿，问她还来不来，说要不就别来了，雪下得这么大。

"你怕什么？雪？雪能阻挡住什么？今天的雪给我带来的只有快乐，你知道为了见你，我多开心吗？你什么也不用怕，现在虽说辛苦点儿，可挣得多。"女司机一边开着车，一边对着手机说，"生活就是这样，只要你愿意快乐，就没人阻挡得住。难不成你不想见我？或者说你见了我不快乐？"

快乐在哪里呢？陈淑英想自己和丈夫出来打工，孩子管不上，父母也照顾不到，睁开眼睛就是干活儿，每天一身的乏累和灰土，除了一月一次俩人见面还有点儿快乐，生活里，哪还有快乐？

"每天都会有快乐，"女司机对着电话呵呵笑，"你仔细看去，一个快乐没了，另一个快乐就会向你走来。只要你愿意快乐，就能快乐，谁也挡不住你。我告诉你，雪下得再大，也有停的时候。"

陈淑英看着车外的飞雪，听着女司机的唠叨，突然觉得特别开心。似乎生活里的快乐和温情，真的如女司机说的，就像车外的飞雪般，裹挟着，涌荡着，向她奔来——她和丈夫虽说辛苦，可每个月还能见上一面；孩子在老家上学，学习也很努力；老人年岁大了，可身体挺好。生活如此，还有什么不高兴的呢？

女司机一直把陈淑英送到了丈夫的工地。陈淑英掏钱时，女司机挡住了她，说："今天免费送你，这么大的雪，多少年没有下过了。"

陈淑英不肯，把钱塞给女司机，说："你也不容易。"

女司机呵呵笑了，说："我正好也要到这儿呢，顺路，你算是陪我一路了啊。"

雪地里，红色出租车被裹在风雪中，只能看见一团暖暖的红。

我到楼顶看风景去了

袁省梅

收拾完,张五和看见下雪了。她喊了老刘一声,说:"我出去一下。"

话还在棉帘子缝里挤着,人已经没影了。

张五和走在雪地里就给梁子发了短信:"下雪了,上楼顶。"

随即,梁子的短信回来了:"好,几点?"

"现在。"

刚吃完午饭,张五和心说,就一会儿,不会耽搁梁子干活儿的。就是耽搁一会儿又有什么呢?两年冬天了,还没看过雪呢。

走在雪地里,张五和心想,不知羊凹岭下雪了没?想起羊凹岭,她的心里盛开了一朵花儿,温柔,芳香,是家的味道了。张五和的脚步缓了下来,仰起脸,使劲地看,好像羊凹岭在头顶,一仰头,就能看见。天空灰雾蒙蒙,只有雪花在飘。

张五和已经不是第一次爬楼梯上楼顶了。食堂的活儿干完了,张五和就去逛工地的楼房。楼房有什么好看的呢?一模一样的水泥壳子,还有一股生涩的水泥石灰味,冰冷,僵硬。可是,当张五和上到楼顶,看到很远很远的地方时,她的心舒畅了,高兴了。她喜欢看远方。那时,在岭上,她就经常爬到最高的凤凰岭上,眺望远方。让张五和最开心的是在山头遇见了梁子。

那天,她刚上到凤凰岭,就看见对面的山头有个人。

那人朝她喊:"哎——"

她也喊:"哎——"

那人又喊:"黄河——"

她觉得好玩,就跟着喊:"黄河——"

那人又喊:"五儿——"

这次,张五和没有回应,她像棵树一样,一下就把自己长到山头上了。他咋知道自己的名字?

张五和还在愣怔,那人又喊:"五儿,我是梁子——"

张五和乐了,梁子,中学同学啊。张五和知道梁子家就在对面的下牛村。她挥了挥手,喊:"你咋没出去打工?"

梁子喊:"我妈叫我娶了媳妇再出去。"

张五和就像风中的树般,笑得站不稳了。她问梁子:"媳妇娶了没?"

梁子说:"没啊,你帮我介绍个吧。"

五儿说:"你要哪样的?"

梁子说:"就你那样的。"

张五和的心里腾地泛起了涟漪,漂在涟漪上的是按捺不住的兴奋。

有一天,张五和站到凤凰岭,对面的山头看不见梁子。她郁闷了。

突然,她的身后一个声音响了起来:"五儿——"

张五和嫁给了梁子。

他们一起到城里打工了。

张五和爬着楼梯，又给梁子发了短信："累吗?"

没有回信。

到了楼顶，张五和又给梁子发了条短信："我到了，你呢?"

还是没有回信。张五和站在楼顶好一会儿了，也没等到梁子的短信。她着急了。楼顶的雪上，她踩出了好多的脚印，乱纷纷。他在干啥呢?

以前，张五和一说上楼顶，梁子就说好，而且很快就上到了他工地的最高楼顶。他们站在各自的工地上看着远方，把看到的用短信发给对方。

张五和说："南边地里的葵花开了，一地金黄。"

梁子说："葵花地边好像要建楼房了。"

张五和说："看北边吧，使劲看，能看见羊凹岭。"

梁子说："羊凹岭的葵花也开了……"

他们就这样用短信说着，有一搭没一搭，却是开心的。张五和觉得，他们虽然不能经常团聚，可是能这样同时站在楼顶一起看远方，也挺好。

只是他们去楼顶的机会不是很多。工地，没有多少闲时间。

有一次，张五和想起他们恋爱时站在羊凹岭山头喊话的情景，就把短信发了过去："喊一声?"

"好。"

张五和就站在楼顶喊："哎——"

她想起了梁子的声音，就说："你的声音还是那么好听，底气十足啊。"

"比这足的还有呢，想要吗?"

话里是暧昧了。张五和看着短信，心里又欢喜，又惆怅。

有一次，他们站在楼顶，真的看见了对方，那次，梁子的装修公司正好承接了张五和工地旁边的一个小区的装修。那么近，他们却没有想到见面。他们都说上楼顶。他们就真的上了楼顶。他们站在楼顶，看着对方小小的身影，喊:

"哎——"

"哎——"

"梁子——"

"五儿——"

后来想起离得那么近,该见一面的,却傻呵呵地跑到楼顶,错过了见面的好机会,张五和后悔了好几天。

雪,越下越大了。张五和还是没有等到梁子的短信,梁子不会出事吧?楼顶的雪这么多,他要是不注意,站到了边上……张五和的心吊到了半空,慌乱了。张五和跑下楼打车到梁子的工地去了。可是,梁子工地那栋最高的楼顶只有雪花。

张五和正急得腿软时,手机响了,是梁子。她对着电话就呜呜地哭了。

她说:"梁子你没事吧,你在哪儿啊?"

梁子说:"我在你们工地的楼顶……"

张五和的泪水哗哗地涌流,她说:"傻瓜,我在你们工地的楼顶,你咋跑到我那儿去了?"

几乎是同时,他们都叫对方别动,自己马上过去,最后,张五和听了梁子的话,等他过来。

梁子上到楼顶时,头发黑湿,衣服的肩头也黑湿了一大片。

张五和看着梁子,说:"你咋不告诉我呢?"

"不是想给你个惊喜吗?"

张五和抱着梁子,梁子拥着张五和,他们站在楼顶,看雪花飘呀飘呀,看这个城市一点点把僵硬变成柔软,把喧嚣淹没在安静下,把纷乱的颜色调成纯净的雪白……他们都认为,城市的雪景跟羊凹岭的一样好看。

蛋佬的棉袄

夏 阳

他走出村口,刚要拐上通过县城的大路,突然听见有人撵在身后急急地唤他的乳名:"憨宝,憨宝!"

他停下脚步,回过头,遥遥地看见母亲疯了一样一路小跑过来。

这时天已经亮了,高原上万物萧条,寒风凛冽如刀。母亲嘴边哈着一团白气,气喘吁吁地站在他面前,两只手扶着膝头,累得直不起腰来。等她气喘匀了,便站起来,一个纽扣一个纽扣地开始解自己身上的棉袄。

他立马明白了,忙阻止道:"妈,留给您自己吧,我一上车就不冷了。"

母亲推开他的手,说:"出门在外,再好也比不过家里。"

他还想解释什么,可是那件带着母亲体温的棉袄,一转眼已经变戏法一样穿在他的身上了。

这个场景让他终生难忘。所谓棉袄,其实是前年雪灾时部队赈灾分发下来的军大衣棉袄,绿色,过膝,在外可以御寒,晚上可以当被子,坐火车还可以当坐垫、当睡袋。这件棉袄,对于地处大西北一贫如洗的他家来说,是非常珍贵的资产。他永远忘不了母亲离去时,袖着双手,哆哆嗦嗦地往村里跑去,直到身影越来越小,直到泪水模糊了他的双眼。

等他来到东莞,随老乡进了厂,每天在流水线上汗流浃背时,才发现这件棉袄还真有些多余。东莞这地方热啊，一年四季如夏，可是他依然把它视若珍宝，即使是搬了好几个地方、换了好几家厂，他还是舍不得丢弃。每年冬天南方最冷的那几天，他就把棉袄拿出来当被子盖。盖着盖着，他就忍不住想家，想母亲，想那个寒冷的早晨，想得泪水把棉袄洇湿了一大片。

一个周末，挺偶然的，他路过一家音像店，听到了张宇的《蛋佬的棉袄》。那如泣如诉的歌声，让他像受了电击一般杵在人家店门口，久久不肯离去。当时，他并不知道谁是张宇，也不知道这首歌叫什么名字，只觉得这首歌里的一字一句，就是为他一个人写的，他就是那个可怜的卖蛋佬。他第一次阔绰地花了半个月的工资，买下这盘卡带，又买了一个随身听。从此，月色极好的深夜，他喜欢一个人躲在宿舍楼顶的天台上，一边听《蛋佬的棉袄》，一边遥望西北家的方向，听着听着，便泪流满面。有时，他忍不住会对照歌词里的描述，将棉袄细细地捏一遍，看里面有没有金条。捏完，便苦笑自己傻，便把自己的"金条"（存折）缝在棉袄的夹层里。

这首歌让他找到了活着的理由。每到周末,别的工友都忙着出去打桌球看电影谈恋爱,他却一个人在天台上对着月亮卧薪尝胆:"不管现在过得好不好,钱得存到,使娘能富贵终老。"这句话不知不觉成了他人生的座右铭。他有一个梦想,就是有一天,他要当着母亲的面,亲口唱这首《蛋佬的棉袄》给她老人家听,告诉她这件棉袄是娘留给他的宝。

他二十七岁那年,也就是远离家门的第八年,他晋升为一家大型公司的部门经理,手下管着三百多人,这是一个极为重要的职位。他感觉自己离那个梦想已经很近了,便专门派副手阿丹去老家把母亲接过来。当然,他在电话里不好意思说想当面为母亲唱一首歌,而是说想让她老人家来广东这边住一段时间,亲身感受一下沿海的现代生活。

几年后的一个深夜,我和朋友李土豆等一群人在一家 KTV 包厢里喝酒唱歌,最后人都走光了,只剩下我们两个人。当时,我们都醉得不行,躺在沙发上直哼哼。我发现这家伙超喜欢唱《蛋佬的棉袄》,便随口问他怎么回事。他打开 KTV 唱机,循环播放着张宇的原唱,给我讲了这个关于他和棉袄的故事,害得我也跟着哭得不行。

"后来呢?"我问。

他默默地抽烟,没有吱声。这时,张宇正唱道:"后来听说蛋佬的娘死得早,人葬在哪里找不到……"我顿时有一种不祥的预兆,忙问:"是你母亲不愿意来,还是她……她不在了?"

李土豆摇摇头说:"不是,她来了,而且很高兴。我当晚就把她接到一家豪华的 KTV 去了,阿丹还带了不少同事去捧场。"

"这不挺好的吗?"

"唉,我酝酿了半天的情绪,在时间过半后,起身专门为她唱这首歌,唱到一半时,她可能是旅途太劳累,竟然睡着了。阿丹还埋怨我,说这歌太闷了,李经理你应该唱《中国人》或者《青藏高原》。"

"啊?"这结局太幽默了,把我笑得前仰后合。我幸灾乐祸地看着李土豆,建议道:"你以后单独找机会唱给老人家听,一个阳台下,一个阳台上,唱情歌一样。"

他摇摇头,正经地说道:"不了,你不知道,当我们还在为过去的遭遇耿耿于怀时,老人家对我们的爱,永远顾虑的是我们的未来。"

"未来?"

"嗯。那晚,老人家从KTV出来,将我偷偷拉到一边问:'憨宝啊,啥时候结婚呀?'我说:'急啥,还没找到合适的呢。'老人家说:'我看这个阿丹就不错。'我不解地问:'怎么个不错法?'老人家喜滋滋地说:'骨盆大,会生儿子。'"

暖爱·通往梦城的火车

爹的底气

田洪波

先是矿长派人报信，随后是区长、县长、市长轮番探望。大家的脸色很凝重，甚至有人默默流下眼泪，用力握住满德爹的手，叮嘱他节哀。

满德爹的小儿子在赵家岭煤矿下井，井下透水了。事故发生时间是凌晨五点多，当时陆续升井二十多人，还有七个人拖在后面，结果漏顶，水漫金山一样肆意涌开来⋯⋯

满德爹嘴角上扬，眼里没有泪，只是一脸凄惶。满德爹共有三个孩子，大儿子在北京打工，女儿远嫁甘肃，小儿子是他的心头肉，这些年他们一家过得很不景气，孩子干脆就下了井。

老伴儿去世早，满德爹一手把孩子们拉扯大。日子过得不怎么富足，这些年需要花钱的地方多，钱也不经花，两个身在外地的孩子偶尔周济一下，并不顶什么事，满德爹也不和他们说实话。小儿子看在眼里，放弃贷款办养殖场的念头，和几个从小长大的伙伴一起下了井。满德爹当兵出身，参加过对越反击战，战场上负了重伤都没流泪的他，在那一刻流下了难言的泪水。

领导们都记挂着满德爹，节假日常要慰问一下。满德爹有次当着记者面说："俺有手有脚，能自食其力，把东西送给该送的人吧。"

自那时起，满德爹一家再没受过救济。

八个搜救作业点，有六个完全排除，剩下的两个区域，正在加紧排水和搜救。满德爹和众人到达井口时，井口围满了人。

有家属号啕大哭，引得众人也跟着啜泣起来。

满德爹依然上扬着嘴角，在井口上下左右地打量。问巷道顶板能支撑多长时间，问水位下降程度，问怎么保障通风，然后又查看排水管。身后的哭声依然不绝于耳。

满德爹生气了，脸上青筋直暴："号什么？号能把人号出来？"

救援工作日夜不停，每个人都心急如焚，区长更是惶恐不安。他是满德爹看着长大的。在指挥抢险办公室，他几乎不敢迎视满德爹的目光。会议结束，他一个人蹲在墙角抽烟叹气。

转眼五天过去，井下救援没有进展。省市安监局的人也来了。当天晚上，领导紧急开了个碰头会，一致认定七个人生还的可能性为零，商定每名家属赔付二十万元，先把家属的情绪稳住，救援继续进行，只是进度上不再强求。消息传出，又是哭声一片。

还不到第二天下午，满德爹就得到准确消息，其他六家都签字拿到了赔付金。满德爹鼻子里"哼"了一声，找到区长。

满德爹问为啥不找他签字，区长嗫嚅着说："准备最后一个找你，别人二十万，想给你二十五万。这属于私下协议，千万不能传出去。"

满德爹拿烟袋敲了下桌沿，说："少整这些阴阳事，钱多少俺不稀罕。你就回答俺为什么就认定人死了呢？"

区长解释："咱这是地方煤矿，条件有限，救援这么多天了，井下水又那么大，你说人还能活吗？"

满德爹临走撂下话："俺一分钱也不要，俺要人。活要见人，死要见尸，你们看着办吧！"

人都走出很远了，又回过头来恶狠狠地吐了口唾沫。

随后，满德爹看到有村民在山后隆起坟地。他默默坐下来吧嗒旱烟。

那几日,满德爹常把小儿子的照片翻出来,一遍遍地看,喃喃自语。

县长来找满德爹了。县长小心翼翼,连说话都字斟句酌。

县长说:"我理解您老人家的心情,可您想啊,这人被水泡在井下快一周了,还能有个活路吗?要说这事都怪我,快过年了,这些地方小煤矿,我本该让它们早些关闭的,那样就不会出这么大的事了。这次事故处理不力,我肯定要受处分的。"

满德爹瞟了县长一眼,耷拉一下眼皮,说:"俺不管你这些陈芝麻烂谷子的事,俺就要活着见俺家根柱,死要见他的尸首,这要求不算过分吧?那点儿钱给俺老头子有个屁用!"

县长灰着脸离开了,临走放下一沓钱。

满德爹又扔给了他,说:"拿走拿走,俺要你个人钱算屁事!"

稍后的几天,满德爹每天都到井口查看。

忽然有了好消息,县里受上级指令,向周边地市求援,运来了大批现代化救援设备。

日历一页页翻过。整个救援工作一直在抓紧进行,满德爹后来干脆带着面馍留守在救援现场了。

第十一天,井下传来惊人消息,七个人全活着!满德爹的儿子根柱带领其余六个人,摸索着寻到一个高位,在齐脖深的水里咬牙坚持了十余天,等水位下降,才探寻到一丝光亮。他们蒙着眼布,被众人合力抬出了井口。那一刻,满德爹也许是蹲久了,也许是听到这个意外消息没怎么反应过来,半天才颤抖着身体慢慢站起来,上扬着的嘴角终于放下来了。

有人为满德爹高兴,抱着他直蹦高。大家异口同声感叹满德爹活要见儿子的底气,纷纷问:"老爹,你哪儿来的那么大底气?"

豆大的混浊的泪,终于滚下满德爹的眼角。他嚅动干瘪的嘴,半天才说出一句话:"龙生龙凤生凤,爹当过兵,儿子能孬到哪儿去?俺就知道俺家根柱是好样儿的!"说着,吐出一口带血的痰,背手离去。

身后传来笑声和掌声。

哭

田洪波

听到三妹来电告知母亲病逝的消息，林森只觉大脑轰的一声，继而眼睛濡湿。可半晌过去，却一滴泪也没流下来……

林森站到窗前，如烟的往事似乎都涌了出来。母亲含辛茹苦供出他们兄妹三个大学生，晚年本该享清福的她却坚持住在乡下。母亲的离世，不啻一座山倒下……奇怪，林森想起这些，还是没有泪溢出来。

犹豫了一会儿，林森给司机小黄打电话，口吻平静："我母亲去世了……"然后他就一言不发了。

路上，林森把头靠在椅背上闭目遐思。三兄妹中他是老大，无疑母亲的丧事他是主角。他们中他的官做得最大，而且以他的影响力，消息很快就会传给各方人士，大家会蜂拥而来。那么，母亲的丧事就不那么简单了，会有政治因素掺杂进来，会与他的前途联系起来，必须小心谨慎。这么想来，林森在稍后又平静地通知了秘书和家人。

母亲住的是三间瓦房，院子很宽敞。林森的车到家时，灵棚已经在三妹的操持下搭起来了。大家表情悲痛地给林森闪开一条道。可是，林森只是死盯着母亲的灵柩不动，眼睛干枯如井。

似乎过了很长时间，林森才"扑通"一声跪了下去。然而，他的身子抖

动，却不见他抽泣。司机小黄机灵，扑到棺材前哭得撕心裂肺，又在适当时间止住，同时借机搀扶起林森："林县长节哀……"

亲属们呜咽一片，有几个人上前抱住了林森。林森让他们抱着，然后慢慢拍他们的肩："节哀，节哀！"

稍后，几次哭晕过去的三妹被林森叫到里屋说事儿。三妹还是控制不住自己，絮叨完一下子扑进林森怀里。林森好不容易才安抚好她："你辛苦了。"

不久，穿了一身孝服的林森站到了院子中央。他肃穆无泪的脸依然让亲属们不明就里，大家都在等他发号施令。果然，林森迅速做了分工。他拍板决策的利落劲儿让大家开眼界，大家很快就分头行动去了。林森又唤上几个人到村部开会。

林森在会上强调了母亲丧事的重要性，又仔细做了分工，然后让他们依据分工说出下一步安排，赞同的他就点头，觉得不合适的他会适时指出。一支笔在他手中快速地转来转去。

会后一切都开始有序进行，从县里开来的小车陆续多了起来。几个临时停车场相继派上了用场，左右邻居也都腾出了自家的地方，几户人家也很快冒出袅袅炊烟……

林森又召开家庭会议,决定第二天发丧。他晓之以理的解释也得到了大家的认可,只是决定做出后,亲属又哭抱成一团。其中搂着林森哭的是两位长辈,然而,长辈把林森的肩膀都哭湿了,林森的眼睛还只是红肿。他只能尴尬地立在那里。

按照乡俗,第二天发丧时林森作为长子要披麻戴孝,手举火盆,迎头跪立,在阴阳先生主持过一切程序后,把火盆摔碎,摔得越响越好。那会儿,林森的表情是凛然的,他觉得自己的泪腺就要破了。当他高高举起火盆摔在地上时,身后是一片悲戚的哭声,可是……怎么回事?他居然还是没有泪涌出来!

好在没人注意他,有几个亲属又哭晕过去了,大家轮番相劝。灵车终于启动了。

火葬场的所有员工都站队迎候。林森与他们逐个握手,说着"辛苦了"之类的话。然后是追悼会的召开。主持人是一位女士,她念了很长一串名单。虽然来宾已经把告别厅挤得水泄不通,并且要员居多,气氛很肃穆,亲属中依然有人控制不住地哭出声来。

母亲即将被推进火化炉,亲属们纷纷跪别。林森一直不说话,似乎在酝酿什么情绪。可大家陆续跪下哭出声时,林森绝望地发现,他还是没有哭的冲动!他跪在那里不动。哭吧……哭吧……上次在周市长父亲的葬礼上不是哭得很顺畅吗?内心的呐喊和绝望让林森很悲戚。小黄后来递给他湿巾,他只是下意识地擦了擦。

情绪像乌云一样堵着林森的胸口,这使他在随后的答谢宴中不是很在状态,直到大家得体地告别。可是三妹把他喊住了,含泪给他拿出一盒用品:"这是妈临终时让我交给你的,我差点儿给忘了。妈说,你从小就有脚气,眼下正是冬季,可能还会犯,妈让你……"

三妹已经泣不成声了。林森下意识地抬头看向母亲的遗像。母亲像他儿时一样微笑地注视着他,林森颤抖着嘴唇,喊出一声"妈",泪水终于像断线的珠子,悄然滚落了下来。

请叫我麦子

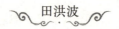
田洪波

麦子回村两天了。

麦子很郁闷，他看到一张张笑脸，却唯独听不到有人喊他"麦子"。无论谁，都恭敬地称他"麦总"，尽管麦子不时提醒，"叫我麦子就行了"。

十五年，弹指一挥间，麦子感觉到乡邻的一丝陌生。

当年，麦子还没铁锹高时，爹去世，家徒四壁，连买棺材的钱都拿不出来。当时的村支书徐原胜眼泪纵横，让人砍了村口的两棵老树，做成一副像样的棺材，又有乡邻凑米凑面，才算体面地帮麦子安葬了爹。

那时，麦子动过辍学打工的念头，乡邻不允许，硬是帮衬着把麦子供上了大学。

此情此义，麦子一生也报答不完啊！

经过多年拼搏，麦子已成为一家拥有千万资产的企业总裁，老支书徐原胜儿子徐文广也接了他爹的班。慑于县里招商引资不力会被撤职的压力，徐文广打电话找到了麦子，这也恰好与麦子回村看看的想法不谋而合。

回村当晚，麦子看到村委会给他腾出的房间放了两箱矿泉水，问徐文广何意，徐文广红着脸说："咱村的水你不是不知道，怕你喝不惯。"

没有乡邻亲切地唤他麦子，徐文广又像待客一样给他准备矿泉水，麦子胸口闷得慌。

麦子说："我是喝前进村的水长大的，你和我又是光腚娃娃，你不是不知道这些！我虽然在城里打拼，可还没娇惯到要喝矿泉水才行。"

徐文广有些尴尬，下意识想摸兜里的中华烟给麦子抽，犹豫一下，从另一个兜里摸出莫合旱烟递给麦子，麦子难得地在脸上露出一丝笑。

"不过，我还是要谢谢你。"麦子一边卷烟一边说，"我回来的事，没让你惊动县里，你做得不错。"

徐文广眼前映出招商会上县长的脸，嘴角咧了一下，默默点头，然后说："你也别太为难，就是想让你回来看看，是否投资看情况再说。"

麦子不说话，只用含笑的眼睛看徐文广。

吃过早饭，麦子和徐文广一前一后走到村里最高的山坡上。望着山下的村庄，麦子眼里含了泪。

"十多年了，咱村变化不大，吃水还是那么紧张，还靠村里的那口老井……"

徐文广低下头，说："我能力不够。"

麦子狠狠捶一下徐文广的肩。

"我早想过了，你看，如果把百里外的凤凰水库引水上山，在山上建一个容量五千立方米的大水池，再铺设十千米左右的管道到田里，就能实现自流灌溉，粮食至少会增产一倍！"

"太好了！"徐文广站起身，握住麦子的手，"谢谢……麦……总！"

麦子愣了，说："你怎么总是这么见外呢？我不是说过，请叫我麦子，咱俩是发小，还用得着这么虚伪地客套吗？"

徐文广的黑脸泛上红，说："是……麦……总！"

这句话脱口说出，两个人又愣了，然后是沉默，气氛多少有些尴尬。

除了上田间走动，麦子还会逐户串门，东家寒暄，西家问候，耳边响起的依然是一声声恭敬的麦总。

麦子就笑着责怪："叫我麦子吧？"

村里辈分大的高爷严肃地说："那可不行，如今你的钱连村子都能买下呢。"

麦子啼笑皆非，说："这跟钱有什么关系呢？没有当年乡亲们的帮助，就没有我麦子的今天啊！你们也是看着我长大的！"

大家点头，有人插科打诨说："你给咱村挣了脸面呢！"

大家送麦子往外走，依然下意识说："麦总走好。"

麦子摇头了，麦子不能不摇头。麦子感觉像走进一个完全陌生的村落。

麦子围村转时，每个迎头撞见的乡亲，也都亲热地喊他麦总。麦子干脆不瞎逛了，他让徐文广找来纸和笔，一个人闷在房间里写东西。徐文广想偷瞄麦子写什么，麦子不让他看。

麦子又去看那口老井，在井旁待了很久。

早晨，徐文广照例到村委会看麦子，却见麦子的轿车等在门口。

徐文广一脸复杂地走进屋，见麦子正收拾东西，迟疑着问："你这是……要回城里？"

麦子面无表情，肯定地点点头。

一切收拾停当，麦子拍拍徐文广的肩，想说点什么，又咽回去了，只在把脚迈上车时说："下次，我再回来看你们。"

"麦……麦子！"徐文广搓着手，"真的要走吗？"

"你叫我什么？"麦子眼里突然涌出一丝泪花。

酒　友

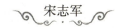
宋志军

　　夏伯雅是村办小学的校长，已经干了快三十年了，村里很多人都是他的学生，有的甚至一家两代人都是。夏伯雅家在新中国成立前是这一带的名门望族，夏校长学问大，为人又好，村里的老少爷儿们都很尊重他，尤其是村支书郝子期对他更是礼遇有加，因为郝支书的两个儿子都曾跟着夏校长学习，后来都考入了名牌大学。

　　这俩人有一个共同爱好，就是没事时爱喝两盅，平时只要聚在一起，不管有菜没菜，只要有酒，二人就可以对饮一番。那时候生活困难，能喝上酒可不是一件容易的事，因为郝子期作为村里的头头儿，有时候要接待上边的人，没准儿可以偷藏下一两瓶酒，而夏校长穷教书匠一个，所以二人喝酒经常是郝子期做东。又因为酒少，所以二人喝酒时并不太谦让，大多是争着喝。有

一次二人又喝上了，你来我往地划起拳，夏伯雅为了多喝两盅，故意输枚，每次输了口里还念念有词："我真该死，又输了。"说着端起酒盅"吱溜"一下喝个精光。眼看着一瓶酒快被他喝光了，郝子期似乎才悟出门道，一把抢过酒瓶说："你让我也该死一回吧。"把剩下的酒一饮而尽。这件事不知怎的在村里传开了，大家都笑话二人嗜酒如命。

"文革"时期，因为夏伯雅的家庭背景，他被打成了右派，不仅校长当不成，连教学都不让了，只好回到家里老实待着。村里很多人甚至不敢与他来往，只有郝子期还像往常一样对待他，有时候还偷偷地请他喝上两盅。

为此郝子期还受到了领导的好意提醒，要他注意自己的政治立场，别和右派分子走得太近。郝子期口头上应着"是，是"，可内心知道夏伯雅是个好人，仍然在背地里和他来往，但表面上却常常对夏伯雅表示出一副横眉冷对的样子。有时候村里开批斗会，他还让夏伯雅上台接受批斗。好在那个年代村里开批斗会是必修课，批斗者和挨批者时候长了也都习惯了，也不觉得是什么大不了的事儿，不会因此结下深仇大恨。

这年冬天，天气特别寒冷，有一天傍晚下大雪，又挨了一场批斗的夏伯雅，在家里受冷不过，便来到郝子期家里讨要酒喝。郝子期见夏伯雅到了，连忙吩咐老婆做俩菜，不过对喝酒提出了条件：为了避免夏伯雅再故意输枚，要把酒分成两碗，各喝各的，不能耍赖。不一会儿他老婆端出满满的两碗酒，放在二人面前。

二人边吃边喝，不长时间便把各自的酒喝完了。夏伯雅一碗酒喝完，浑身上下热乎乎的，便告辞而去。

夏伯雅刚走，郝子期赶紧吩咐老婆说："快给我端碗热汤，冻死我了。"

他老婆一边朝厨房去，一边嘟哝着说："你这个该死的，喝了一大碗凉水，能不冷吗？"

原来郝子期见家里的酒不多了，便全让给了夏伯雅，自己喝下的是一碗凉水。

送水工

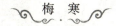

梅 寒

　　张老太已经出院好几天了,上街,逛公园,练太极,看上去,她跟个健康人无二样。其实,那种病,本来就是那样子,一口气上不来,就过去了,发现及时给救回来,也就能活过来。它来得干脆,去得利索。不似有些慢性病,缠缠绵绵,弄得人半死不活地难受。

　　儿子从美国打来长途电话,隔三岔五,电话里对她这位老娘嘘寒问暖。张老太电话里跟儿子谈笑风生,让他可千万别再打电话回来了:国际长途,说每一个字都是钱。放了电话,眼圈儿就红。

　　张老太早年守寡,拉扯着这个儿子辛苦度日,儿子争气,从小上学就争气,小学、中学、大学,再到出国,一路顺当得让多少人眼红。他是她的骄傲,这些年一直是。直到张老太这次犯病躺进医院里,她才对自己这些年的努力产生了一丝怀疑:这么多年努力打拼,最终却落得一个独守空巢的命,值得吗? 这一次,若不是那位好心人及时打电话给医院,医院又在第一时间上门,她这条老命一定是丢了。儿子从大洋那边赶回来,看到的可就是再也不能说笑的老娘了。

　　每想至此,张老太的心就会揪着痛。每想至此,她心里那种念头也就越强烈:一定要好好感谢那个好心人啊。

　　可他是谁？他在哪里？他怎么那么及时就给医院打了电话？张老太努力地回想自己犯病那天的情景：她当时在卧室，正要拉开抽屉去拿药——那会儿，她的心脏已经不那么好使了，她心悸气短，知道自己的老病又要犯了。她手还没拉开抽屉，人就倒下去了，倒下去的那一刻，她只朦胧看到一个高大的黑影从外面冲进来。此后的事，她便不知道了。再醒来，在医院里，人已经没事了。她的主治医生是位比她小不了多少的老太太，那老医生说："老姐姐，再晚来一分钟，你就没命了。"她便问那位老医生医院怎么知道她犯病了，老医生一脸的茫然："不是你亲属打电话来的吗？"

　　她的亲属？她只有儿子一家是亲属，在几万千米外呢。

　　串门的邻居？不可能。她一个孤老婆子，一年到头家里不来个人。

　　电工？送奶工？送报的？或者……

　　都有可能，又似乎都不可能。怪事一桩，但不管怎么怪，那个人，她一定要找到，要感谢他。

　　张老太天天坐家里，守着台电视机，连中间插播的广告也不放过。那天偶然看到一则正在播放的寻人启事，张老太脑子里突然灵光一现，对啊，寻人启事啊。

寻找恩人

本人于本月五号在家中突发心脏病,幸得一位好心人及时给医院打电话抢救,才使本人幸免于难。现寻找这位恩人,看到启事后,请及时与本人联系,定当重谢。

启事后面留了张老太家里的电话。

启事发出去了,在当地一家电视台滚动播放。张老太家里的电话也开始忙起来,结果却都让张老太失望。有很多人,连她张老太家在哪条街哪栋楼都不知道。

寻人启事已经发出了半月之久,恩人始终没有出现。一位做好事不留名的人,倒越发让张老太放不下。她更加坚定自己要找到恩人的念头。又去复印店印了一大把寻人启事,自己到大街小巷那些边远角落去贴。或许他没看到电视上的启事呢?

那一招儿,果真灵验。启事张贴出第二天,就有一个男人将电话打进来。同以往一样,张老太还是在电话里细细盘问:她家在什么街道几楼几门洞,她犯病在哪个位置,犯病那天穿的什么衣服。电话里,男子对答如流。就是他,无疑了。张老太激动得泪花儿都出来了。她要那男人立马到她家来,她要好好感谢他。

"我,我……不去了吧……"男人的语气变得犹豫起来。

"要来,要来的,您救了我的命,我必须得好好感谢您。"张老太恨不得立刻就见到恩人。

"阿姨,我只是个送水工,这是我应该做的。"

"是个什么? 水……"一阵寒风突然从张老太的后背处冒出来,她似乎想起点什么,那天犯病之前,她并没有听到敲门声,"哦,送水工是吧。送水

工有什么不好，凭力气吃饭，光荣。你得来！"

那位身着蓝色工作服的小伙子扛着一桶水来敲张老太家的门，张老太已经备好一桌丰盛的饭菜在等。一个看上去很结实也很腼腆的小伙子，给张老太放下水就要走。死活不愿吃那顿饭。

"阿姨，那天我只是做了我顺手就能做的一件事，您现在也知道我是哪个了，就安心过您的日子吧。"

"小伙子，我儿子比你还大。在美国，常年不在我身边，你就当留下来陪阿姨吃这顿饭，陪我热闹一下吧。"张老太是真心要留，眼圈儿都红了。有多久没人陪她一起吃顿饭了，她都快记不得。

小伙子这才搓搓手，坐下来。那顿饭，两个人吃得特别轻松自在，跟娘儿俩一样。

临走，那小伙子说："那什么，以后阿姨要有事，就给我打电话。"

他把手机号告诉了张老太。当然，也把张老太家里的电话号码记下了。

那桶水，连桶带水给张老太留下来，愣是不要钱。

小伙子走了，张老太望着那桶放在客厅一角的桶装水直摇头。笑了。她不喜欢喝桶装水，常年喝的都是家里的自来水。

浮　财

江　岸

　　整个演播大厅座无虚席,各路收藏界人士济济一堂。五位并肩而坐的国内资深文物鉴定大师和粉面含春的美女主持人已经准备就绪。随着导演的一声令下,享誉国内的省电视台大型综艺文化益智类节目"华豫之门"开始录播了。

　　嘉宾通道从大厅门口直通大厅正前方宽广的舞台。耀眼的追光灯从门口一直跟随着第一位嘉宾,把他送到舞台上。在主持人的示意下,他把双手捧着的藏品小心翼翼地放在了珍宝展示台上。

　　这是一位中年人。他穿一身半新的西服,但衣服明显不合身,挂在他身上有些晃荡,看起来是临时借来的。中年人有些木讷有些腼腆,站在主持人面前,看一眼主持人,又迅速地低下头去。

　　主持人问:"请问您这是一件什么藏品?"

　　中年人说:"我这是一件铜香炉,底部有'大明宣德'四个篆字,我想,它应该是大明宣德炉。"

　　"您确信它是大明宣德炉吗?"

　　"这个,我也说不好。我不太懂文物。"

　　主持人呵呵笑了,继续问道:"请问您是怎么得到它的?"

中年人踌躇一下，说："其实它不是我的，我是替我父亲来的。"

"那么说，它是您父亲的。您父亲为什么不亲自来呢？"

"其实它也不是我父亲的，是我爷爷传给我父亲的。我父亲年事已高，来不了。我今天是受父亲委托来到这里的。"

"哦，是这样。您爷爷传给您父亲，您父亲又委托您带过来参加鉴定，这个铜炉应该是你们家传的了……"

"不，它不是我们家的。"

"说真的，先生，您把我绕糊涂了。"

中年人挠了一下头，为难地说："说起来话长。我能从头说起吗？"

主持人迟疑了一下，说："好，让我们一起来聆听您的故事。"

中年人打开了话匣子。他的情绪逐渐稳定下来，语言也开始流畅起来："我来自豫南山区黄泥湾。新中国成立前，我们黄泥湾有个地主，叫冯月波，是我们家远亲。我太爷、太奶死得早，我爷爷就是在冯家长大的，后来就给他家当了长工。冯家大少爷冯幼波在汉口读书，后来当兵了。冯幼波有一次回乡探亲，带回来这个铜香炉。冯月波把这个铜香炉放在供桌上，逢年过节时用它烧香。后来新中国成立了，冯幼波再也没有回来，听说去了台湾。'土改'前，冯月波专门交代我爷爷，说万一他有个好歹，让我爷爷保管好这个铜香炉，什么时候大少爷回来，就交给他。我爷爷答应了。'土改'开始不久，冯月波被枪毙了，贫下中农分了他的浮财。很多人家分到了八仙桌、太师椅、四柱床，分到了绫罗绸缎，有的是背回家的，有的是抬回家的，都累得吭吭哧哧的。我爷爷什么都没有要，就要了这个铜香炉。他把铜香炉揣在怀里，回到家，被我奶奶好一顿埋怨。"

趁中年人的讲述告一段落，主持人问："这个铜香炉就一直留在你们家了？"

中年人点点头，说："是的。我爷爷一直等到死，也没有等回少东家冯幼波。他临终的时候，把这个铜香炉交给了我父亲，让他继续等着冯家人。现在我父亲时间不多了,唯一放心不下的,就是这个铜香炉。他看到电视上有你们这个节目,就让我赶紧报名,一定要让我参加节目。"

主持人说:"对不起,报名参加节目的人太多,可能没有及时让您参加。不过,好在今天,您终于来了。"

中年人说:"非常感谢电视台给我这个机会。我今天来,不是为了鉴定这个铜香炉的真假,也不是为了知道它到底值多少钱。我们唯一的目的,就是想通过这个节目,找到老冯家的后人,让他们知道,他们家的铜香炉,在我们手里。"

主持人问:"经过鉴定,如果这个铜香炉真的是大明宣德炉,您不愿意自己留下吗?"

中年人说:"如果想自己留下,今天我就不会出现在这里,我们家三代人就不会替老冯家把这个铜香炉保管到今天。父亲手上有个大明宣德炉,在我们当地是公开的秘密。文物贩子要买,小偷来偷,还有个乡干部硬要拿走。最吓人的一次,两个家伙冒充警察到我们家,说我父亲违犯国法,私藏文物。保管这个铜香炉,实在也不容易。我们很缺钱,但是,我们不能不守信义。"

主持人没再说话,啪啪啪地鼓起掌来。整个演播大厅内,顿时掌声如潮。

晴朗的天空

江 岸

老伴儿走在了他前面，把杨大同孤零零地撇在黄泥湾。进进出出就自己一个人，家里冷冷清清的。儿子在省城，女儿在古镇，他就去省城住一段，回镇上住一段。比较起来，他更喜欢古镇。

古镇虽小，但完整地保留了几条古街古巷，五步一楼，十步一阁，所有建筑都是雕梁画栋、翘角飞檐、古香古色的。古镇的人像街巷一样古朴厚实。很多人叫不上名字，在这里混久了，便都有了点头之交，有了迎面而来的一张张笑脸。哪像省城，哪怕是在同一栋楼住着，坐同一部电梯，每一张脸都像被霜打过，被冰雪覆盖着，寒气逼人。

不知从什么时候起，老汉在古镇上溜达，只要过马路，便有学生模样的人过来搀扶他。原来，针对社会上出现的扶老人被讹导致老人倒下无人敢扶的现象，古镇中小学及时开展了"今天你扶了没有"的日常公益活动，要求每个学生每天至少扶一位老人或残疾人过马路。古镇老人或残疾人毕竟不多，学生们很难完成任务。后来，当他看见古镇上一些四五十岁的比牯牛还健壮的汉子们也被学生小心翼翼地搀扶的时候，老汉就会心地笑。

老汉变得爱上街了，有事无事，都到街上转一圈儿，学校附近更是他雷打不动务必出现的地方。学生们都认识他了，一看见他，都野马似的飞奔而来：“杨爷爷，我扶您过马路。”

"别和我抢，今天该我扶杨爷爷了……"

老汉被一拨拨学生从马路这边扶过去，又从马路那边扶过来，扶了一遍又一遍。有一天，扶过老汉的最后一拨学生离开了，老汉微笑着目送他们走远，也准备离开的时候，身后传来一声怯怯的乞求："杨爷爷，我能扶您走一段路吗？"

老汉转过身来，看见了一个矮小的男孩，他仰着一张俊俏的小脸，眼睛却眯着，定定地望着他。

老汉爽快地说："你扶爷爷走，爷爷好高兴。"说着，把胳膊伸了过去。

"爷爷，能扶您一回，我也很高兴。"男孩说着，紧紧地抱着老汉的胳膊，两人亦步亦趋地往前走去。与其说是男孩扶着老汉，毋宁说是老汉拖着男孩。

"你叫啥？几岁了？读几年级？"

"我叫洪亮，今年八岁，读三年级。"

"洪亮，你以前没有扶过我吗？"

"没有，我抢不过他们。"

"我被大家扶了好久了，为什么你没有轮到一回呢？"

男孩沉默了，还轻轻地叹了口气。老汉心里猛地揪了一把。他小小的年纪，好像有很多心事，不像这个年龄段的孩子那样天真烂漫。

"爷爷，我眼睛不好，视力低，看什么都模糊。"

"什么原因？检查过吗？"

"检查过，医生说是视网膜黄斑病变。"

"你这么小，应该能恢复的。"

男孩没有回答。两人默默走到路口，要分别了。说再见的时候，洪亮的小脸湿漉漉的，泪珠像小溪一样奔流而下。

"孩子，你怎么了？"

"爷爷,没什么。我好激动,我今天第一次完成任务。"

"你从没有扶过别人?"

"人家都嫌我慢,都不愿意让我扶。"

老汉沉默了,眼圈儿也湿了。他蹲下来,把洪亮揽在怀里,紧紧地抱着,低沉地说:"以后爷爷每天在这里等你,每天都让你扶,好吗?"

洪亮不说话,小鸟啄食似的点着头。

从此,上学的时候,老汉守候在洪亮必经的路口;放学的时候,老汉守候在学校门口。爷孙俩你扶着我,我扶着你,成了街头一道温暖的风景线。

突然有一天,老汉没有等到洪亮。洪亮总是像闹钟一样准时,从不迟到的,这是怎么了?打预备铃了,洪亮没有来;打上课铃了,洪亮还是没有来。老汉疯了似的往学校跑去。

老师明确告诉老汉,洪亮眼病突发,双目失明了。老汉高一脚低一脚地走出学校。他的脑海里浮现出洪亮小可怜似的让人心疼的模样。他没有眼睛了,一辈子怎么过?自己活一天少一天,要不要眼睛无所谓了;咱耳不聋眼不花,大概眼睛还有用;眼睛如果给洪亮,儿子会怎么说?女儿会同意吗?……千头万绪涌上心头,一不留神,老汉四仰八叉摔在路中间,昏迷了过去。

一个路人看见了,立即跑过来;马路两边的商店里旋风般冲出几个人。大家把杨老汉团团围在中间,七嘴八舌地嚷:

"这不是每天接送瞎孩子上学的杨老头吗?"

"别动他,摔跤的老人不能随便挪。等医生来。"

"赶紧给他女儿女婿打电话……"

天上竟渐渐沥沥地落起雨来。有人急忙回商店拿来一把伞,撑开了,替杨老汉挡雨。一把伞挡不住老汉的身体,更多的人拿来雨伞。前面的人替老汉挡雨,后面的人替前面的人挡雨。大家共同为老汉撑起一方晴朗的天空。

古镇街头一片伞的海洋,红的伞,黄的伞,绿的伞……汇成了一个美丽的世界。

守 灯

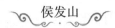
侯发山

凌晨两点,守灯正睡得迷迷糊糊,被妈叫醒了。

海那边,万家灯火;海这边,黑魆魆一片。守灯随妈进灯塔里巡视了一遍,没有发现异常,便开始保养机器。眼下是夏天,白天这里五十多摄氏度,只有把活儿攒到晚上。一台台设备锃亮光洁,一尘不染,无疑,这是妈天天擦拭的结果。

守灯五岁之前没离开过这个岛,对这个篮球场一样大的岛再熟悉不过了,没有土,没有草,到处都是光秃秃的。想种点蔬菜都难,日头太毒,从外面运来的土过不了几天就被烤焦了。台风一来,这些土很快就会被刮散,被海水冲走。上学后,守灯每到假期返岛的时候,不忘背上一大包泥土,好让妈踩一踩,接点地气……给养船半月来一次,送些蔬菜和淡水。周围除了鸟叫、风吼和浪涛,寂静得没有一丝生气。他先后喂过五只狗,结局都惊人地相似——因为寂寞和孤独,它们都狂叫着跳进了大海……

清理完灯笼,妈又用牛皮软布擦拭灯器。守灯说:"妈,我来吧。"

妈不让,说:"擦这个是要紧的活儿,也是很细的活儿,用力要适当,要有耐心,稍不小心就可能造成损伤。"

看着妈认真的样子,守灯心疼地说:"妈,您这辈子就没想过走出这

荒岛?"

妈叹道:"说不想是瞎话,但是,灯塔离不了人,若是夜里灯灭了,就会出大事。"

守灯知道,这个小岛周围有多处险滩、暗礁,夜间过往船舶,都需灯塔指引,方能安全通航。

天际泛白,渐亮渐红,大海也由黑暗变得光亮起来。接着是一道红霞,慢慢地扩展,辉映在无边的海面上。片刻,一个金红色的圆边露出来,一点一点地扩张、上升。后来,它似乎憋不住,一下子蹦了出来。刹那间,这个金红的圆球发出夺目耀眼的亮光,海上射出万道金光……

尽管守灯在这里多次看过日出,此时还是禁不住由衷地赞道:"太美了!在这里看日出一点不亚于'浦门晓日'。"

"浦门晓日"是岱山的一个景点,是观赏海上日出的好地方。

"守灯,你马上就要大学毕业了。"妈岔开了话题。

守灯明白,妈的潜台词是:"你毕业后有何打算?"

妈还不到五十岁,头发已经花白相间了,脸色黑红黑红的,额头上的皱纹一道道,像是刻出来的。

守灯鼻子一酸,说:"妈,我想把您带到城里去,让您安享晚年。"

妈固执地说:"我不走,我要在这里陪你爸。"

守灯的爷爷民国时期就在这里看护灯塔了,后来父亲接了爷爷的班。十多年前父亲被台风卷走后,妈就接管了守护灯塔的任务。妈说:"虽说没有找到你父亲的尸骨,但是你父亲的魂在岛上,在灯塔里。"

"为啥给你取名'守灯'?守灯守灯,就是要确保灯不出问题,让来往的船只安全地经过。"妈大声说道,似乎生气了。

妈终于把话挑明了。妈曾不止一次地说过,他的命是渔民给的,生他的时候难产,当时台风突降,大雨倾盆,是渔民叫来了医生,母子才平安。

"你不回来,妈就一个人守!"妈的声音哽咽了。

随着守灯的成长,小岛也在悄悄地发生着变化,灯塔变了,塔身由矮小到高大,灯塔能源从乙炔到干电池再到太阳能。装上新设备后,妈看不懂设备上的英文标识和操作说明,原理也搞不明白。只有小学文化水平的她就自学英语和航标专业教材,每天写工作日记,积累了丰富的经验。如今,她已摸索出了一套初步诊断和治疗小毛病的方法。

守灯决定给妈摊牌,不能让妈胡乱猜疑了。他揽过妈瘦小的肩膀,说:"妈,我在学校跟导师进行了智能化航标系统设计的课题研究,实现遥测遥控功能不再是梦想。不远的将来,岱山的近二百座灯塔,不,全国的五千余座灯塔,采用自动化系统,就不用人看守了。"

"真的?"妈又惊又喜,眼里蒙了一层雾。

守灯重重地点了点头,说:"妈您放心,塔上的灯不会灭,我心里的灯更不会灭!"

"你这孩子,咋不早说?"妈轻轻捶打了守灯一下。她眼里的雾散了,泪出来了。

这时,一艘船舶从灯塔旁边缓缓经过,拉响了汽笛,嘹亮,悠扬。守灯心里暖暖的,满满的。他知道,船舶是在向灯塔致敬,是在向妈致敬,也是在向他致敬。

新年礼物

侯发山

　　进入腊月,年的味道越来越浓了。一街两行都挂上了火红的灯笼,大的、小的、圆的、长的,各种形状的都有。超市、商场门口的大海报,你方唱罢我登场,打折、降价的信息扑面而来。巷口街角的空地也全被小商小贩们占领了。过年了,城管也睁一只眼闭一只眼,他们也知道弱势群体生活不容易。卖衣服的、卖年货的,还有现杀活羊的……都来了。有商家门口的音响放着"新年好啊新年好"。不时炸响的鞭炮,更是把年味送到了城市的各个角落。

　　李娟走进商场,打算给母亲买件礼物。迎宾小姐穿着大红的旗袍,脸似乎比平时笑得还灿烂:"欢迎光临!"

　　每到年关,李娟必给老母亲买一件礼物。她自小没了父亲,是母亲屎一把尿一把、既当娘又当爹地把她和弟弟拉扯大,不容易,她不能不孝。

　　记得进城的头一年,她给母亲买了一个洗脚盆。那是李娟在雇主家看到洗脚盆后,才决定给母亲买的。李娟是家政服务员,说白了,就是保姆。李娟在电话中给母亲说,睡前泡泡脚,胜似吃补药。这话也是雇主给李娟说的。李娟又问了雇主一次,才记住。先前在老家,晚上睡觉前不怎么洗脚,即使偶尔洗一次,也是用的洗脸盆,没人用过那种木制的、带按摩的洗脚盆,见也没见过。

第二年,她给母亲买了一台袖珍音响,里面装卡,录满了家乡戏,豫剧、曲剧,还有大鼓书。戏有《穆桂英挂帅》,有《朝阳沟》;大鼓书有《杨家将》,有《十二寡妇征西》,多啦。弟弟和弟媳在外打工,不常在家,母亲一个人在家孤独,听听戏不寂寞。这玩意儿也是李娟在公园里见到的,不少城里老人都有,腰里挎着,手里拿着,口袋里装着,想听谁的就听谁的,比收音机方便多了。

第三年,她给母亲买了一把按摩椅,母亲经常腰疼,都是干农活儿累的。这也是刘娟看到雇主家里有,才想起给母亲买的。

李娟东瞅瞅西看看,给母亲买什么合适呢？衣服？平时没少给她寄,弟媳也给她买,到老也穿不完。用的？电视机,家里有。冰箱,家里也有,除了过年派上用场外,其他时间都闲置。洗衣机,在弟弟的屋里锁着,李娟想再给母亲买一台,母亲不要,说村里不少人家都有,使用的却很少,都当成柜子塞满衣服了,说洗衣机老费电。吃的？母亲饭量不大,也不吃肉,说老了吃啥都不香甜了。买开心果、核桃之类的坚果,她的牙咬不动。

李娟在商场转悠了半天,也没想好给老母亲买什么礼物。她打通家里的电话,问问母亲还缺少什么。

听到是她的声音,母亲在电话那端显得挺激动:"娟,是你吗？你五天都没打电话了。家里啥都不缺……你啥时间回来？"

家里装的是座机,母亲不会拨号,只会接电话。

每次打电话,母亲都问李娟啥时间回去。李娟耐心解释道:"娘,我最近工作忙,回不去。"

前不久,李娟刚换了雇主,这家有一个老太太,她的儿子媳妇都在国外,忙,没时间回来陪老人家,老太太晚上睡不着,想找个人说说话,晚上陪她睡觉。老太太的儿子给的价钱诱人,李娟就答应了。

母亲在电话那端不说话。

母亲似乎不高兴，李娟忙换成欢快的口气："娘，我弟弟他们回去了吧？我们几天前通过电话。我有时间就回去。"

弟弟他们回去了，这个年也就热闹一些，家里也不至于太冷清。

"娟，给你寄的礼物收到了吗？"母亲在电话那端怯怯地说道。

"给我寄礼物？"李娟感到新奇："娘，您老人家给我寄啥礼物，真是的。"

母亲又说："我让你弟弟寄的，他说丢不了，你会收到的。你弟弟他们今个儿去镇上赶集了……"

电话挂断后，李娟就给弟弟拨通了手机，闲聊了一会儿，问到正题："娘说给我寄的礼物，啥礼物？"

"姐，你别生气啊。娘给我二百块钱，让我买张火车票给你寄去……我今天早上才在网上订的，让他们直接送票去你那里，估计今天就会给你打电话，是腊月二十六的票。姐，你几年没回来了，你就回来一趟吧。你知道吗？你给娘买的洗脚盆，她一直没拆封，按摩椅一次也没用过……姐，你真的很忙吗？娘想让你回来陪她睡一晚上……"

弟弟的话音没落，李娟眼里的泪已悄然滑落下来。

通往梦城的火车

常聪慧

他知道自己在飞奔的火车上,但在梦里认定乘坐的是一艘颠簸的海船。他已经很多年没有坐过任何船了。意外地,他在梦里见到了父亲。

父亲比上次见时更显苍老,坐在床边,抽着烟,说老家要办事,要他务必在清明节前将地里的玉米收割好,免得碍事。他记得父亲是从来不抽烟的,现在,烟雾不断喷出,逼仄的船舱拥挤着难闻的焦煳味儿。他就在这时醒了。

抽烟者是下铺的一个中年男人,刚刚受到乘务员制止,这会儿正烦躁地低声斥责对面的儿子。小男孩躺在铺上,蜷着身子,抽抽搭搭哭个不停。

上车时他已经知道他们是父子,出门去旅行。看来旅行伊始便有些不顺。他有些纳闷儿,为什么出门游玩不带上孩子的母亲?

他回忆自己小时候,和母亲在一起的时间比较多。并不是因为父亲忙于工作,疏于照顾,而是他自小只要和父亲距离稍近,就感到透不过气的压抑。熊一样的父亲有着健硕的体魄、棱角锋利的阴沉表情,他怕和父亲面对面。

下铺的中年父亲还在吵儿子,小男孩依旧哽咽着,既不敢大声哭出声,又委屈得停不下来。一直到火车到站。他从上铺爬下,穿好鞋,拎上背包,

顿了片刻,趴在那个父亲耳边低语:"省省吧,你的儿子早晚有一天会比你更有出息。"

火车倒出他们这拨儿乘客,迎着清冷的寒风又开走了。那对父子惊愕地透过窗口望向他,中年男人眼里带着敌意和恼怒。

他若无其事地转过身,心里盘算这对相处不洽的父子还要捆绑在一起多少年。他生活在父亲的阴影下,一直到他上大学,能够名正言顺地边打工边读书,不再拿家里一分钱。

最后一次见到父亲是五年前,在母亲的葬礼上。他连夜赶回,母亲在桌子上,缩进一张相框里,黑白分明的颜色使她的容颜比往日更清晰。晦暗幽冷的气息盘旋在屋内的角角落落,明亮的阳光只在门口逗留片刻便折回去。他转向床边神色木然的父亲,咬牙切齿地质问:"李冬生,我妈死了,你为什么不哭?!"父亲茫然地抬起头,没有料到他会发难,困窘得有些不知所措。

他从不知道父亲李冬生有没有爱过除母亲之外的其他人。据说父亲和母亲的结合,是父母之命媒妁之言。母亲似乎从未从父亲那里得到过宠爱,也没听过一句可心的话,遇到父亲心情不好时还会遭受一顿殴打,可母亲一生从没有道过一句怨言。他们在一起时,家里总是安静的,很少听到他们相互交流。他不太理解他们那个年代的婚姻。

母亲去世后,他曾劝说父亲到他家里居住,市区怎么也要比县城条件好。尽管他对父亲心存不满,但那毕竟是他的父亲。父亲先说要考虑考虑,而考虑的结果是,半年后不打招呼便结了婚。

如果不是前几天二叔三番两次打来电话,他再不想回到家乡。他从未想过不许父亲重找幸福,可他无法接受母亲尸骨未寒,父亲便新婚再娶。后来他还是听媳妇儿的,寄去一千元贺礼。不过尔后便断了往来。

二叔说:"小子,我知道你心里有疙瘩,不过这事非你回来不可。出大事了,出大事了。"

"他病了?"

"不是。大事。你还是回来吧,我的话你爹不听。他这个人,一辈子乖戾惯了,不听人劝。"二叔在电话一端叹气,"小生子,回来吧,再随他们折腾,你爹就要被折腾死了。"

"到底什么事,二叔?"他问。

"唉,回来再说,回来再说。"

二叔死活不讲,他只好回来。站在十二月的站台上,冷风从四面八方扑来。

父亲住在二叔家,被从先前买的那套婚房里赶了出来。来接他的二叔在路上讲述了事情的来龙去脉。

父亲竟然是伤在那位新娘身上。母亲去世后,邻居怕老是闷在家里的父亲出事,就带他出去参加一些活动,没想到组织者是中老年婚介中心。一

来二去，父亲与其中一个女人相谈颇为投缘。婚介中心有意撮合，其他人煽风点火，父亲就匆匆结了婚，并且卖掉旧居买了套新房。没想到今年那女人的儿子要结婚，说房子是女人自己出资买的，便强占了去。查查房产证，确实是那女人的名字。唉，说理说不过，那女人翻脸不认人，父亲就到二叔那里了。

他半晌无语。一路思谋，从没想过是这种情况。简直是一场闹剧。

接下来的一段时间，他一边幸灾乐祸，一边为房子的事四处奔波，早出晚归。父亲李冬生从不肯走出卧室吃饭，偶尔见到他，总是躲躲闪闪，一副做了错事的表情。

事情进行得还算可以，对方那个儿子人也不算太混，只是穷。自始至终他都没和那个女人见面。他不知道经过此番波折，父亲还会不会愿意和她过日子。重新拿回房门钥匙后，他换了把新锁。

簇新的防盗门钥匙摆在李冬生面前，父子俩谁也不说话。

"明天我回去。"他说。李冬生点点头。

"有事打我电话。"他说。李冬生认罪似的，再次点头。他发现，五年前还挺拔的李冬生已是一头白发，邋邋遢遢像大街上没人照料的糟老头，不由一阵心酸。

他蓦然想起下火车前，对那恶狠狠吵儿子的中年男人的留言："省省吧，你的儿子早晚有一天会比你更有出息。"他仿佛看到长大的小男孩儿站在那个急躁无情的父亲一旁，强壮高大，有了扳倒世界的能力。可为什么，他根本没有为童年受的伤害感觉到哪怕一点儿安慰？

"要不，还是跟我走，以后让我照顾你吧……"他犹豫再三，脱口而出。

婉　秋

伍中正

来到工地，婉秋就一头扎在男人堆里。

男人抬石头，婉秋甩开膀子，就抬。一天下来，也不喊累。

男人下沟掏黏糊糊的黄泥，婉秋三脚两脚蹚进泥沟，伸手就掏。一天下来，也不叫苦。

男人们看不下去，有人对着她说："婉秋，不用抬石头，也不用掏黄泥，往后你就做饭。"

婉秋对众男人笑笑，说："做饭吧。"

男人们觉得，干完活儿回来，有现成的饭吃，也不亏。男人们还觉得，毕竟婉秋是女人，暗地里帮她一回，值。

婉秋觉得，自己再不用抬石头、再不用掏黄泥，不亏。

做饭也不轻松。做饭就得起早床。婉秋起得比男人们早。起来，就在工地临时的灶台边转悠。天一亮，婉秋就喊开饭了。男人们起来就拿着碗筷过来吃。

晚上，男人们洗完手脚就上铺睡觉。婉秋把那些碗洗得叮当响。有的男人就在那叮当响的洗碗声中，慢慢发出了鼾声。婉秋看看那些倒在通铺上的男人，嘴里就叹一声："男人也不容易。"

工棚不大,住处就更紧张了。男人们睡通铺,婉秋睡单铺。

工地上没有茅厕,撒尿就在工棚近处,拉屎就寻远处的树丛。半夜里,铜锁出去撒尿,夜一静,听得见尿落地的声音。天一亮,男人堆里就有人说,谁谁昨晚上一泡尿好长,像落了一场雨。

那天早上,铜锁让男人们笑红了脸。

那天早上,铜锁走近婉秋,轻声告诉她:"在地上放把草,晚上撒尿在草上,声音就轻了,不然,男人们会拿你撒尿当笑话说的。"

夜里,婉秋果真憋了一泡尿。起来撒,她怕撒出声响,就在地上垫了一把草。一泡尿撒完,没一个男人听到响声,也没一个人笑话。

一下雨,工地上干不得活儿,男人就窝在一起打牌。打完牌,就等饭吃。

雨一连下了好几天。婉秋觉得闲，就在镇上买了毛线和针。婉秋再一闲，就打毛衣。

婉秋还是窝在男人堆里打毛衣。

男人们打牌打得兴头高，婉秋在男人面前一针来一针去。

有个男人就开玩笑，婉秋出来打工最划算，得了空，就打毛衣。

这话一出口，男人们这才觉得婉秋占了便宜。铜锁不说话，两眼死死地盯着那个说话的男人。那男人让铜锁的目光逼低了头。

过了秋天，天气就转凉了。天一凉，老板就给民工发了一个月工钱，让民工们买衣服。有了钱，男人们就到镇上挑衣服买。一件件衣服，花花绿绿地买回来。

没买衣服的只有铜锁。

铜锁见男人们挑衣服去了，就把老板发的钱朝婉秋衣袋里塞。铜锁说："婉秋，我的工钱，你管着。"

婉秋也不拒绝，说："我替你管着，要钱的时候尽管来拿。"

工地离镇上不到三里路。听镇上人说，镇上有休闲的屋子，男人拿了钱可以在屋里短时间休闲、短时间享受。

时间一久，男人们管不住自己。有的男人就往镇上跑。有的男人回来说，镇上的女人如何如何。

没有去镇上的男人只有铜锁。男人去镇上，铜锁不问，也不打听。

天一冷，再出去干活儿，身上就得添衣服。没衣服添的只有铜锁。

早上出门，男人们在身上都加了衣。没加衣服的只有铜锁。男人们就笑他："铜锁，你他妈在上个工地那么不老实，在这个工地上你老实了，为啥？"

铜锁爆出一句："啥也不为！"

男人们出门，铜锁走在最后。婉秋跑出来，一把扯住铜锁，把一件崭新的毛衣往铜锁胸前塞。

暖爱·通往梦城的火车

铜锁停了脚步。

铜锁穿上了婉秋织的新毛衣。

男人们在山脚下抬石头，砌石墙。铜锁站在靠山的那边。

突然，山体滑坡了。没跑出来的只有铜锁。铜锁的身子被挤在了石墙和山土中。

男人们眼看着铜锁断气的。铜锁说不出一句话，只剩头露在外面。

婉秋赶到工地时，铜锁已经断了气。几个男人在不停地挖他身后的土。

铜锁平躺在地上。婉秋坐在他的身边。

婉秋的一只手紧紧地握着铜锁的一只手，另一只手解开了他胸前的扣子。男人们发现，铜锁身上的那件毛衣干净整洁。

护送铜锁回家的是婉秋。

五天后，婉秋再回工地，像换了一个人。

有人问婉秋："魂是不是让铜锁带走了？"婉秋摇头不答。

那以后，男人们中再没有人往镇上的休闲屋跑了。

雪落下来之前，工地上的活儿干完，跟老板结完账，婉秋在铜锁出事的地方放了一挂鞭炮，烧了一沓纸。一阵青烟，稀疏地让寒冷的风吹散，再吹散。

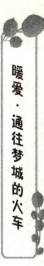

念　秋

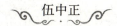

伍中正

　　小镇上的杂货店，大大小小有好几家。

　　人到中年，念秋开了一间小杂货店。他的杂货店开在小镇，跟小镇的其他杂货店比起来，念秋都觉得好笑。

　　念秋在脑子里存了一个想法，他要把自己的杂货店开大，开成小镇上最大的。

　　念秋给自己定了一个规矩，那就是不赊账。有时候，他觉得，宁肯自己不做生意，也不愿意把自己的货赊出去。人家装孙子来求自己赊货给他，到时候，自己得装孙子找他结账。

　　念秋坚决不做这样的蠢事。

　　念秋找了在学校当校长的陈习武。陈习武写得一手好字。在整个小镇，就陈习武的字写得好。念秋拿了一盒烟还有一盒茶叶去求陈习武。第一次去，没找着。第二次去，陈习武回老家了。第三回，念秋才在陈习武的办公室找到他。念秋把那盒烟跟那盒茶叶放在陈校长桌上后，他才恭恭敬敬地跟陈校长说："陈校长，帮个忙，写块牌子。"

　　陈校长看着念秋诚心的样子，满口答应了。

　　念秋回来时，手里捧着牌子，牌子上写着："本小利微，恕不赊欠。"

　　念秋把牌子放在了柜台前。来店里买东西的人,人人都能看见。果真,那牌子上的内容,起了很大的作用,来店里买东西的客人,一律现钱结账。这样一来,念秋没了记账的烦恼,更没有要账的痛苦。

　　念秋敢对一个人赊账,也愿意为一个人赊账,那个人是镇上的胖梅。

　　胖梅男人走的时候,给她留下了一间破败的屋子和两个女娃。胖梅一手扯着大女儿,一手扯着小女儿,跪在男人躺着的床前,很快,哭声淹没了屋子。

　　小镇在雨里湿了,湿成念秋眼中的小镇。胖梅慢步走进念秋的店子,头上的雨水顺着脸,顺着发梢放肆地流着。

　　很久了,胖梅低声地对念秋说:"赊盐,就一袋。"

　　念秋看着站在柜台前的胖梅,小声说:"胖梅,你可不能坏我的规矩。

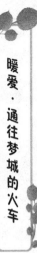

盐,我可以赊给你,但你不能说是赊的。记着没?"

胖梅擦了一把脸上的雨水,说:"不坏你的规矩,记着了。"

胖梅出来的时候,手上拿着念秋给的盐。她把那袋盐揣进怀里,很快,就走进了雨中。

念秋看着雨里走着的胖梅。雨很快淹没了她。

一月后,胖梅再来,仍旧声音低低地说:"赊一袋盐。"

念秋给了胖梅盐。

胖梅没有急着走,她跟念秋说了一阵话。胖梅说:"镇上就你念秋有人情味,那几家杂货店的老板,认钱不认人成不了大老板。"

念秋说:"我也是认钱不认人。"

胖梅说:"你不同。你跟他们明显不同。"

念秋说:"真的?"

胖梅说:"真的。镇上王贵卯杂货店的老板王贵卯,我赊他一袋盐,他还在我身上摸两把。"

念秋"哦"了一声。

胖梅还说:"镇上刘一手杂货店的老板刘一手,我赊他一斤盐,回去一称,只有八两。他刘一手就那么点心眼,往后,成不了大老板。"

念秋再"哦"了一声。

胖梅走之前,念秋低声对她说:"胖梅,你可不能坏我的规矩。盐,我可以赊给你,但你不能说是赊的。记着没?"

胖梅浅浅一笑,然后说:"记着了!"

打胖梅男人走后,念秋第一次看见她脸上露出了笑。

镇上下了很大的雪。雪覆盖了镇上的屋宇和往事。胖梅踩着一地的雪,雪让她踩得咯吱咯吱地响。在一路咯吱咯吱的响声里,胖梅走到了念秋的杂货店前。

念秋看见了胖梅,看见了胖梅头发上衣服上附着的雪,洁白晶莹。

胖梅说:"眼看要过年了,再赊一袋盐,过了年,我把赊盐的钱全还上。"

念秋说:"胖梅,只要你不坏我的规矩,以前赊的盐,我都没记账,就算了。"

胖梅不依。胖梅说:"你要不记账,我就不赊了。"

念秋依了胖梅。念秋拿了一袋盐出来。

胖梅拿着盐就走进了雪里。

开春了,镇上最热闹的要算胖梅家。春天的阳光大方地落在胖梅的家门前。两个女娃嘴里唱着:"小燕子,穿花衣,年年春天来这里……"

胖梅听着,眼里的泪就出来了。

一个老人快速地走进胖梅家,陪同老人来的,还有县上的镇上的人。胖梅家热闹起来了。那两个女娃不唱了,围着胖梅转。

老人激动地说:"我从台湾来,寻找自己失散的侄女。"

老人跟胖梅紧紧地抱在一起。

念秋在算账。算盘珠拨得噼里啪啦地响。

胖梅领着老人走进念秋的杂货店。胖梅说:"念秋,我来还那些赊盐的账。"

当着老人的面,念秋说:"胖梅,你记错了,你从来没在我的店子里赊过账。"

那一刻,胖梅的眼里,眼含热泪。

很久了,胖梅说:"我姑父愿意用他的资产,帮你在镇上开了一个最大的杂货店。"

念秋很惊讶,问一句:"胖梅,你说啥?"

相　逢

于德北

　　奇怪的是,妻子的外祖母去世后,我竟一次也没有梦到她。她生前对我很好,处处对我表示关心,亦时时表达喜爱,使我感觉她就像我自己的亲外祖母一样。可我为什么一次也没有梦到她呢?妻子常在梦里哭醒,醒来后便无限感伤而委屈地说:"我又梦见姥姥了。"

　　这让我的内心也很酸楚。

　　岳父岳母有三个女儿,妻子排行老二。她一出生,岳母便得了乳腺炎,东北俗称"闹奶子",不能哺乳,便把她送到了外祖母那里。外祖母一个人在延边生活,彼时还身强力壮,带一个外孙女,应该是不吃力的。这一带就是十四年,直至妻子要上高中,才回到了父母身边。这时,外祖母的年纪也大了,被岳父岳母一并接来。

　　外祖母和妻子的感情近。这是时间和命运的造化。

　　我见到外祖母的时候,她老人家已经快七十岁了,一头的白发,大大的眼睛,微胖,嘴角总留着笑意。她是满人出身,父亲是清朝的一个统领,民国后,成为张作霖手下的旅长,负责珲春、汪清一带的保境、平匪、安民诸事宜。所以说,外祖母是很有些家教的,虽然是老人了,身上依然有淑女气。

　　她十四岁出嫁,夫家是有名的大户。可惜,她的婚姻并不幸福,因为她

的丈夫一直在外求学,并参加了革命,而且崇尚"婚姻自由",和自己的同学早已订下盟好,至于"父母之命,媒妁之言",说大了是孝义的表现,说小了,便是应景文章。

所以,外祖母一生未育,没有儿女。岳母,是外祖母夫家做主,过继过来的。

我和妻子结婚一年后,有了自己的孩子,外祖母坚持要来家住一阵,说要享一享外孙女的福,实际是想帮我们带孩子。那时,妻子工作的单位远,我除了本职工作,又在外边兼了一份工,日子皱巴巴的,没一下能打到鼓点上。

妻子年纪小,又新做了母亲,孩子哭闹,她便无策,时不时地和我发脾气。每一次她发完脾气,外祖母总会在她出去的时候,小声地安慰我。

她说:"你不能和她真生气,气坏自己的身子是大事。"

她也说:"是我不好,把她惯坏了。"

她还说:"她不讲道理,可你是一个明理的人。"

我想,她背后一定也劝慰妻子吧,就算最无奈的时候(妻子有时也和她发脾气——这在她,是一种撒娇的方式),她也会笑着面对这一切,但眼睛里的忧郁是明显而突出的。

我害怕见到她这样的眼神。

我和妻子结婚几年后,妻子的妹妹也结婚了,家里住房条件差,外祖母的安置成为一个必须面对的问题,妻子和大姐都提出让外祖母和自己一起生活,这遭到了岳父和外祖母的极力反对。岳父的反对是出于自尊心——他不能让自己的儿女养活自己的岳母;外祖母的反对是出于对妻子的心疼——去大姐家,怕妻子伤心;到我家来,明显不现实,一室的房子,十几平方米的空间,暂住可以,长居是艰涩而困难的。

于是,外祖母自己做主,回延边了。

当然,以她的年纪,自己挑门过日子是不可能的,思来想去,她把自己交

给了福利院。福利院在延吉的市郊,旁边是光荣院,背后是一道长长的大梁。

为了多了解外祖母的状况,我找单位的领导商量,把延边划成了我的分管片儿——那时,我在杂志社工作,每年春秋两季都要到包片儿的地区去跑发行。领导知道我的苦衷,欣然应允。这样,春四月、秋八月,我都能去延吉,忙完工作后,到福利院陪外祖母住两天。

我来,外祖母当然高兴至极。她到福利院外边的食杂店买牛板筋,买火腿肠,买牛肉丝,买小咸菜,买白酒,然后,坐在一边看着我吃喝。我喝酒,她劝我少喝;我不喝了,她又急得什么似的,抓住酒瓶给我倒,生怕我喝不好。

她会问妻子的情况,我一一作答;她也问孩子,我便向她描述儿子的样子。听得高兴了,她会笑,十分开心的样子,一口的假牙都露出来;觉得不好了,就皱起眉头,嘴巴紧紧地闭起来。

见面总是快乐的。

最怕的是分别。每次我走的时候,外祖母都会送我出大门,走了一程又一程,直至郊线汽车从后边赶过来。

我最后一次去看她,是秋天,这一次她只送我到大门口,眼睛一直盯着我的脸,仿佛要把它刻下来似的,她说:"你再不会来了。"

我笑了,说:"哪会!"

我走出很远,她还站在那里,扯起大襟擦眼泪。

这是从来没有过的事!

就是那一年的冬天,外祖母走了。听到她的死讯,我才恍然明白她最后说给我那一句话的意思。我和妻子要去奔丧,可是福利院来电话,说,外祖母的意思,人已经炼了,不留骨灰。

"你再不会来了。"

就算现在,夜深人静了,想起这句话,我们的泪水仍然止不住会流下来。

煎蛋术

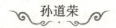

孙道荣

女儿要出嫁了,向母亲学几招过日子的小窍门。

早起,跟着母亲学煎鸡蛋。母亲煎的鸡蛋,好看,呈半圆形,像上弦月;色白,微焦黄;好吃,外脆内嫩。每天早晨,盘子里都会有三个煎蛋,一家三口一人一个。多少年了,一直是这样。

母亲将平底锅烧热,加油,然后拿起两个鸡蛋,轻轻一磕,一个鸡蛋壳破了,蛋黄在蛋白的裹挟下,顺势滑入锅中。有意思的是,另一个鸡蛋完好无损。

女儿问:"要是磕不好,两个鸡蛋同时破了,岂不是一起滑入锅中,搅和在一块儿了?"

母亲笑了:"傻丫头,用一个鸡蛋去磕另一个鸡蛋,往往是被磕的那个鸡蛋先破。人也是这样,受伤重的大多是被动的那个人。两口子过日子,要和气,永远不要硬磕硬。"

女儿笑笑,这就教育上了呢。

待鸡蛋冒出热气,母亲将火拧小,说:"火候很关键,火太大,底下很快熟了焦了,上面却还是生的。炒菜要用大火,炖汤和煎蛋,则必须用小火,急不得。这就像你们小青年,谈恋爱,是大火,火烧火燎,扑都扑不灭;但结了婚,这过日子可就是个细活儿了,像流水,得慢慢过,一天天过,必须用小火。"

母亲边说边拿起筷子,轻轻地将圆圆的蛋黄拨破,黄灿灿的蛋黄,向四周散开,像一层镏金,铺在蛋白上。这是母亲煎蛋与众不同的地方。别人煎的蛋,蛋黄是完整的,高傲地躺在中心。但母亲煎的鸡蛋,蛋黄都均匀地铺散在蛋白中了,平展,白中偏黄,尤其是在入口时,嫩的蛋白、香的蛋黄,混合在一起,爽口,脆香,不腻。

母亲说:"你小时候不喜欢吃蛋黄,从那时候起,煎蛋时我就将蛋黄搅均匀,煎出来的鸡蛋就分不出蛋白和蛋黄了。"

原来是这样,女儿抱了抱母亲。

说着话,鸡蛋一面已经煎好了,母亲用筷子轻轻一夹,一抄,给鸡蛋翻了个身,煎另一面。

一个又嫩又白又黄的鸡蛋煎好了。母亲将煎蛋盛入盘中,拿起剩下的

两个鸡蛋,轻轻一磕,鸡蛋滑入锅中。这个鸡蛋有点儿散黄了,筷子轻轻一碰,蛋黄就均匀地铺散开了。

又煎好了一个鸡蛋。母亲拿起最后一个鸡蛋,轻轻地在锅沿上一磕,鸡蛋滑入锅中。很快,三个鸡蛋都煎好了。

女儿端起盛着三个煎蛋的盘子,喊:"爸爸,吃早饭了。"

母亲说:"慢一点儿,你知道哪一个鸡蛋是你的,哪一个是爸爸的吗?"

女儿不解地看看母亲,又看看盘中的三个煎蛋:"随便啦,这有什么分别吗?"

母亲点点头。

女儿忽然明白了什么,笑了,用手指着一个煎蛋说:"这个一定是我的,因为我每天吃的煎蛋,都是你煎得最好看也是最好吃的那一个。"

母亲点点头,又摇摇头:"平时是这样,但今天不是。这个鸡蛋虽然煎得最好看,但它有点儿散黄了,不太新鲜了,所以这个煎蛋不是给你吃的,而是我的。"

女儿动情地看着母亲:"那么,哪一个是爸爸的? 是最大的这个吗?"

母亲又一次点点头,但又摇摇头:"没错,你爸爸最辛苦,饭量也最大,因此,他应该吃最大的。但这个煎蛋,看起来最大,只是在煎的时候,摊开得比较大一些,但很薄,其实,另一个更大些,因此,那一个才是你爸爸的。都是我煎的鸡蛋,我最清楚哪一个煎蛋是我们哪个人的。"

女儿激动地说:"这么说,每天早晨放在我面前的煎鸡蛋,其实你都是有选择的?"

母亲反倒有点儿难为情了,摆摆手:"只是个习惯罢了。"

女儿的眼睛有点儿湿。她恍然明白,这个早晨学到的不仅是母亲煎蛋的技术,还有她默默地对这个家庭和每个成员的付出,那才是这么多年来最有营养的早餐啊!

兄弟简史

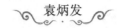
袁炳发

弟弟十七岁的时候,哥哥二十六岁。

那年,弟弟第一次抱着哥哥去浴室洗澡。哥哥瘫软的身子泡在热水池里,感觉非常舒服,忍不住就说出来了。

弟弟听后笑了,说:"哥说舒服,那以后每个礼拜我都领哥来泡澡。"

从此以后,澡堂的工作人员每周都看到,一个单薄的少年,抱着自幼患先天性小脑萎缩、右手和双腿没有任何知觉、体重一百三十斤、身高一米七的哥哥来泡澡。哥哥泡上一个小时,浑身粉红,四体通泰,弟弟把哥哥抱出水池,放在床上,给哥哥仔细地搓背。

弟弟十八岁的时候,哥哥二十七岁。弟弟已经当了一年的邮政投递员,每天中午,弟弟都会提着一份午饭到哥哥的报刊摊,两个人一边吃饭,一边唠嗑。弟弟给哥哥讲他工作中遇到的有意思的事儿,当然都是快乐的事情。弟弟遇到的麻烦、受到的委屈,一个字也不会说。哥哥听得哈哈笑,一上午的劳累都消了。有时候,弟弟工作太忙,中午抽不出时间来陪哥哥吃饭,就在附近的小吃店里给哥哥订餐,小吃店按时给哥哥送饭,月底,弟弟去跟小吃店结账。

弟弟二十三岁,哥哥三十二岁。

这一年有个大喜事,弟弟结婚了,娶了一个又漂亮又贤惠的妻子。小家庭离哥哥的住处有一段距离。可是,每天弟弟都要按时到哥哥的家里,把哥哥抱到厕所,解大便、小便。这可不是一件容易的事情。因为哥哥身体的原因,每次大小解都如临大敌。特别是大解,有时候哥哥刚有感觉,就叫弟弟抱去厕所,可是半小时过去了,还是没有结果。只好抱回到床上,只一会儿的工夫,哥哥又要去厕所了。弟弟再次抱起哥哥。一次大便解下来,反复五六次是常事。哥哥、弟弟都一头汗。

弟弟三十岁,哥哥三十九岁。

弟弟有了一儿一女两个孩子。弟弟的家庭负担重了,弟媳没有工作,打零工。弟媳的身体不好,天天吃药。可是,哥哥的快乐增加了。弟弟照顾哥哥成了习惯,感染到弟媳,也成弟媳的习惯了。弟弟工作忙时,弟媳主动来照顾哥哥,给哥哥做上一顿可口的饭菜。两个孩子亲亲地叫着:"大爷,大爷!"哥哥的心像是一罐甜甜的蜜糖。

弟弟四十一岁,哥哥五十岁。

弟弟的两个孩子,一个工作了,一个还在上学。哥哥的右半身大面积发麻,心脏不适。哥哥不去医院,怕花钱。弟弟不同意,抱着哥哥去医院。住院费一次就花掉了很多钱。这些钱是弟弟给自己的儿子准备的学杂费。弟弟说:"哥,有病了一定要治疗,钱没了咱可以再赚。"

哥哥听后呜呜地哭了。

弟弟五十一岁,哥哥六十岁。夕阳红老年公寓里,阳光透过大玻璃窗洒下一片温暖,像一双巨大的温馨之手抚慰着兄弟两人。穿着中国邮政工作服的弟弟,给坐在轮椅中的哥哥洗手、擦脸。时光镌刻着他们的外貌,弟弟的黑发已经掩盖不住白发,侧影的脸庞却愈加柔和温良。哥哥一头华发,但茂密丰沛,微笑着坐在那里。

弟弟叫李四海,哥哥叫张福顺。

他们不是亲兄弟。

他们没有任何血缘关系。

三十四年前,残疾人张福顺坐着他低矮的小滑车等在邮局大门口,他打算上一批书报,摆摊自食其力。十七岁的李四海第一天参加工作,在门口遇到了张福顺。李四海帮着张福顺把车子推到了邮政局的营业大厅。看着张福顺一脸的汗水和病弱的身体,李四海说:"大哥,以后需要书报,我给你送去!"

"那太麻烦小兄弟了。"张福顺说。

"不麻烦,举手之劳!"李四海回道。

这是他们的第一次相遇,谁也不知道,他们平平常常的对话,开启了李四海三十四年的守护。

寻找向前进

范子平

作为一个老师，没有比学生争气更令人欣慰了，虽然我只是代课教师，但一看见向前进就满心喜欢。

向前进去年从山区转学过来，刚来时成绩靠后，可不到半年，语文、算术成绩都进了前几名。他虚心好学，勤快真诚，交代他的事总干得出色。

我想让他当班长，他说他娘来表叔家当保姆，才随着转来上学的。现在，表叔往省会搬家，不用娘了，他很快也得跟娘回老家。

我一听很遗憾，这儿是县城的重点小学，回到山村肯定条件差，这么优秀的学生可惜了。但我能有什么办法呢？我就给他讲几个出身贫寒坚持上学长大有出息的事例。向前进虽不说话，但很认真地听。

分别的时候到了，我拍拍他的肩说："学习材料我给你寄，一定要坚持学习，名字不能白起，要真的向前进啊！"

向前进只喊一声"老师"就哽咽了，泪水直流，他用手背擦擦脸，点点头。

我兑现诺言，每有复习题与考试卷，还有新书、练习册，都照他留的地址

邮寄过去。向前进也把他答好的卷寄过来,我一看,字体有些退步,但做得都正确,我红笔批改过,在卷子上打上大大的一百分,再寄回去。

代课属于临时工,终究是不安稳的,虽然学生和家长都说我教得好,但到下一年我还是被裁减下来,我得另外找工作。亲戚托人为我介绍去深圳打工,他让等一段时间,闲来无事我更想向前进,想到他那里看看,也算是一种自我安慰吧。但怎样跟向前进联系呢? 他既无电话,又没手机,我只好贸然前去。

我乘大巴过去,到站下车走十几里路才到向村。淡淡的日光洒在山坡上,因山就势,高低错落建的石壁房还有土房都掩映在树丛里。

我先打听学校,在村后找到了那座老式房子,窗上塑料纸已经发灰,墙上红漆写的"向村小学"已经模糊,屋内外寂静无声,久经风雨的屋门上落着一把铁锁,难道学校停办? 我失望地走开,下到村口,正好碰到一个开手扶拖拉机的小男孩,看个头你就不敢信车是他开动的,但确实是。

他停住拖拉机好奇地朝我张望,发动机突突响着。

我趁机问:"小朋友,你村向前进家在哪里?"

小朋友说:"向前进? 我就是!"

他指着我带的包裹问:"老师,那包裹里是啥?"

我摆摆手让他走,自己也快步向村里走。敲好几家的门,都没人应。听说过这一带打工的多,村里人难道都出外了? 正在迷惑,一个女孩歪歪斜斜地骑辆旧自行车过来,穿着不合身的红方格布衫,后座挎着一个布袋。她停住自行车看我,我向她打听向前进家。

女孩答:"我就是向前进啊。"

我生气了,说:"真是的,向前进是男孩儿,女孩儿也跟他重名吗?"

我抬脚就走,想尽快找到向前进。这个女孩又说什么,我也没听清。

我出门继续打听,又走进一家院门,一个大娘正弯腰往锅里添水,吭吭地咳嗽着,两个三四岁的小孩在哭闹。

她告诉我:"向前进跟他爹妈打工去深圳了,具体地址你晚上去学校问。"

我好像被猛击一掌,晚上去学校?那个铁锁封门的学校?

山村的夜来得特别快,又特别黑,但有手电还有灯盏,几处闪烁的光朝学校方向飘浮。我摸索着走向学校,到那座屋外,就听到了朗朗的读书声:"江南好,风景旧曾谙……"

我打开门,看到一幅奇妙的图景,十几盏小小的柴油灯,课桌上俯伏着认真的小学生,旁边有三两岁的小孩,还有几只狗卧在一边。

我问:"白天不来学习吗?"

他们七嘴八舌:"要干活儿,做饭,带弟弟、妹妹……"

我问:"你们老师呢?"

他们齐答:"打工了。"

我问:"知道向前进的地址吗?"

大家齐答:"我是向前进。"

我上前看,课桌上摆着我邮来的书本和试卷、作业,名字果然写着"向前进",一笔一画写得好认真。我明白了,向前进打工前把我的希望传给了他们。

我问:"那些回信是你们写的?"

红方格女孩说:"我,还有铁蛋、顺子……老师,我们都是向前进,你说行吗?"

我心一热:向前进就是他们对上学的渴望,向前进就是他们学习坚守的象征,尽管很难很难。我无言地退出,他们都恋恋不舍地看我,几只狗也挤过来摇尾巴。

我顺口问:"你们这里的狗为啥不咬我呢?"

他们齐声说:"因为您是向前进的老师呀。"

我无语,心却在颤动,许久才说:"我留下来,和你们在一起好不好?"

他们呼啦一下围过来……

手帕土

韦 名

我从学校拿回了大学录取通知书,也拿回了一家人的慌乱。

先是父亲卖猪崽粮筹备我上学的费用,而后母亲也舍下地里的农活儿,托人从集市上买回一块的确良布,赶着为我裁剪两件像样的衣服。

奶奶,平日里最疼爱我的奶奶却像没事人一样,一天起床后对母亲说,她要去赶一趟圩。

"赶圩?!"奶奶说要去赶圩,一家人都愕然。自从前两年奶奶腿脚不便后,奶奶就再也没到镇上去赶圩了。

"是,去赶圩。"奶奶说得异常坚决。

"路不好走,你要买什么托人买回来就是。"母亲劝奶奶。

从我家到镇上,有十里路,都是崎岖的羊肠小道。

"我还能走。"奶奶要去赶圩没得商量。奶奶一贯是有主张的人,谁也勉强不了她。

奶奶吃过早饭拄着一段杉木枝就出发了。

掌灯时分,一家人忙乱了一天准备吃饭,奶奶还没回来。

父亲火烧火燎地出门想去找奶奶。这时奶奶拄着杉木枝回来了。

"你瞎折腾啥!"见奶奶空着双手,父亲没好气地抱怨。

总算平安回来！母亲赶紧打圆场叫吃饭。

赶了圩后，奶奶也忙乱开了。

奶奶找村里的阿根，央求阿根下井里掏捧泥土上来。

村里就只有一口井，全村三百多人全部喝这口井的水。这井用石头砌成圆柱形，深而宽，石头上长满绿茸茸的青苔，一般人都不敢下井。

阿根起初不愿意下井，耐不住奶奶的再三央求，阿根下井了。

阿根从井里提出半水桶泥土时，奶奶千恩万谢。

奶奶从水桶里掏出一棒泥土，放到平时装糕点用的簸箕里，让我放到屋顶上去晒。

奶奶天天守着那捧土。谁也不知奶奶想干啥。

簸箕里的土晒了三天三夜后，奶奶让我端下来。

奶奶仔仔细细地挑走土里的石粒，就像从花生米里捡走土粒一样。

挑完了石粒，奶奶从屋里找来一块手帕。那是块土灰色的、四周裹有白线边的全新手帕。

"奶奶哪来的新手帕？"要知道，我们这些读书郎，也轻易用不上手帕，何况奶奶。

"买的。奶奶买的。"奶奶一脸的得意。

奶奶把手帕平铺在簸箕里，接着小心翼翼地把簸箕里的土捧到手帕上。随后，奶奶提起手帕的四个角，把四个角拧在一起，土集中到了手帕中间。奶奶把手帕四角打成个结，奶奶手帕里包着土就像从前官家红布裹着官印子一样。

我临出门时，父亲千叮咛万嘱咐叫我路上小心，看好钱物。母亲则是一会儿把我的毛衣塞进皮箱，一会儿又取出来，眼里始终有泪珠在转。平日里最疼爱我的奶奶却神神秘秘地把我拉进她的屋子。

"孩子，把这带上。"奶奶颤抖着手把包着泥土的土灰色手帕递给我。

我愣愣地接过奶奶递过来的手帕。

"孩子，把这土带到学校去，撒进学校的水井里。"奶奶一脸的严肃一脸的虔诚，"把土撒进井里，你就不会水土不服。"

"奶奶——"接过奶奶的那手帕土，我似乎明白了许多许多。

"孩子，切记切记！黑黑的是井土。"

到了学校，奶奶的严肃奶奶的虔诚震撼着我，放下行李，我就在校园里找水井。

城里的学校早就喝上自来水，学校里从来没有水井！

我把那捧土，撒在城里的一片草地上。

那片草，长势一直很旺。

姐 姐

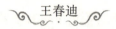

王春迪

我和姐是亲姐弟俩,我姓王,姐姓胡。

我小学毕业后,才知道那是我亲姐。我爸不是她的舅,我妈也不是她的舅妈。只为生我这样一个"香火",父母怕被单位处分,就把姐藏在了农村我舅舅的家里。

一直以为,姐姐是舅家的孩子。可姐早就知道了,即便她不想知道。如果不是因为村里调皮的孩子常拿这个笑话姐,姐就不会那么早就失却了笑容。更不会在她八岁时,因执意要对着我妈叫妈,而被爸训了一顿,还扇了一个耳光。

第一次对姐有印象,那时我还没上小学。爸妈带我到舅舅家去,住了好些天。妈每回都买一大堆零食,可姐只等舅舅家的孩子挑完了,才低头走过去,随手捏一个,再躲回墙角。

城里的孩子,到了农村,吃喝拉撒都不会了。小路上突然窜出来的小狗,都能吓得我面色发白。姐就很拘谨地护着我,不远也不近。

姐扎了一条粗粗的辫子,眼大,但不亮。我对姐招招手,姐讪讪地走过来,我掏了一颗零食放在她嘴里,看着她一脸惶恐地吃了下去。

"好吃吗?"

"嗯,就是苦。"姐问我是什么,我愕然道:"巧克力豆,你不知道吗?"

姐摇摇头,遂从兜里捏了根嫩青的麦穗,搓了搓,一把捂到我的嘴里。

我不知何物,吓得要吐出来。姐笑笑,说:"吃吧,这个不苦!"

农村的夜晚比城里漫长多了,晚上常停电,我听到大人们点着蜡烛在屋外聊天,很小声,像是怕把烛火吓熄了一般。

我和姐就睡在她的小床上,我老觉得黑暗里会突然跳出个什么吓人的东西来,憋着尿都不敢下床。我抱着姐的胳膊,轻声说:"姐,我怕。"

姐搂着我,摸着我的脸,手心里一股怡人的麦香:"别怕,姐给你唱支歌吧。"

说唱就唱了——

"青瓦白墙,油菜花儿黄。水田里微笑的白云哟,母亲盼儿的泪光。月儿弯弯,小河潺潺,谁把故乡的歌谣,轻轻地哼唱……"

外面的大人顿时不讲话了,他们的叹息声此起彼伏。

回家时,我舍不得姐,姐的眼里也噙着泪。我随口对爸妈说:"我想带姐回家。"

不想这句话,惹得妈哇的一声哭了。爸赶紧走过来,拉着我往外拽。我吓着了,手被爸攥得生疼,就不停地哭喊:"我要带姐回家,我要带姐回家……"

越叫,手就攥得越紧,脚步也就越快。

后来,姐上高中了,爸妈打算把姐接到城里读书,为此,爸专门为姐收拾了一间房,房里头,电脑、桌椅、小床全是新的。一个台灯都要好几百元。

姐住了两晚就回去了,屋里的东西,几乎没动。走时,床上的被子,被她叠得像个豆腐块。

几天后,舅打来电话,说姐死活也不回城了。

妈很生气,说家里为了她进城借读,连找人带花钱,咋说不回来就不回来呢。

舅告诉妈,姐回来说,家里挂的照片都是三口之家,没一张是自己的,自己仿佛是多余的。城里的家什么都是新的,看上去怪生冷的。

不久前,舅半夜来电话,说在外打工的姐回家了,要结婚了。爸说,这么大的事怎么也不和他商量,男孩是哪儿的? 干啥的?

舅说:"有空你来这儿一趟吧,电话里说不清。"

就为这说不清的事儿,那天在舅家,滴酒不沾的爸爸喝了酒,还把桌子掀了,泼了姐一身的酒菜。

姐的对象,只比爸小几岁。

硬的不行,就来软的,一家人轮番做姐的工作。但说破了嘴皮,姐就是不答话。

舅妈对我说:"你姐最疼你,你去和你姐说!"

我怯怯地抄开帘子,挪到姐的屋里,一五一十地按照舅妈教我的话往外倒。

姐倚在床边,两眼茫然,十指互相抚慰着。

突然，姐打断了我的话："让姐嫁了吧。"

"姐……"我一时语塞。

姐抬头，叹气，摸我的脸，一如小时候那样，只是指间没有了麦香，取而代之的是护手霜的化学气味。

姐凄然一笑，说："让姐嫁了吧……嫁了，姐就有家了。"

我鼻子一酸，泪水顺着她的手腕流了下来。

几个月后，一挂鞭炮，一把红伞，姐被小车摇摇晃晃地带出了山。那天，云白，山青，油菜花儿黄。那天，妈追着婚车追了好远，直至车子拐了一个弯，隐没在了山里，妈瘫在了地上，号啕大哭。

舅妈对我说："当年把你姐送来，你妈也是这样的，是被你爸拖回去的。"

"青瓦白墙，油菜花儿黄。水田里微笑的白云哟，母亲盼儿的泪光……"

"姐啊，咱妈的心里也有一首歌。"

"我听得到。"

"你听得到吗？"

送寒衣

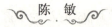

陈　敏

"十月一,十月一,家家户户送棉衣。送来紫袍棉窝窝,唯愿亲人暖和和。"

这是公公为婆婆写的诗。公公从口袋里掏出一片纸,颤巍巍地递给我,说:"给你妈烧了吧,我昨晚睡不着,给她写了这几句话。"

诗是写在一片面巾纸上的。字迹歪歪斜斜,跟蚯蚓似的。

公公还亲手为婆婆剪了一身紫袍,他说:"你妈胳膊不好使,紫袍省事,一披便是了。"

真想得周到,公公向来对婆婆周到,生前也一样。一个大男人常年忍受女人的病体和坏脾气而不温不火、不怨不悔还真是少见。我本以为婆婆的离去对公公是一种解脱,他弯曲的腰杆终于可以伸展一下了,可事情远非我想的那样,他无法释怀。有一天他气喘吁吁地回来,问他去了哪里,他脱口而出:"去你妈那里了!"又说,"今天是你妈生日,我给她放歌去了,放了七十七遍《今天是你的生日》,你妈享年七十七岁。"说后,咧开嘴巴,苦笑一声,顺手将那个音乐匣子收拾起来,又唠叨了一句:"你妈最爱听红歌了!"

只要家里找不见公公,去婆婆的墓地,一找便找个准。一座常人只需十分钟便可翻过的小土坡,他一来一回至少也需要两个小时,而他却不知疲愈,隔三岔五去看她。

我在一个秋日的黄昏里又看到了公公和婆婆阴阳两隔却生死牵挂的一幕。

公公采了一大把野菊花,整齐地堆放在婆婆的墓碑前,然后便坐下开始拉二胡。二胡声时有时无,断断续续,听上去很不标准,却穿越了幽静的墓地,盘旋于苍茫的天空。公公的脸在太阳的余晖里,苍老得如同他手里的那把二胡,不禁让人凄然泪下。

婆婆和公公之间的传奇故事,一度在我们家乡流传,成为人们饭后的谈资,至今听来依然为之感动。

新中国成立初年,在西北农学院的校园里,婆婆和公公一见钟情。身为孤儿的公公没少得到婆婆私下的资助,她常常挨饿,却把舍不得吃的干粮偷偷放进公公的桌斗里。婆婆品学兼优,阶级过硬,在校农场的试验田里,婆婆种出了一颗重达三十公斤的大南瓜。消息传出,轰动校园,她以"小科学家"的称号光荣留校,成了学院农场试验基地的一名科技工作者。

优越的生活环境没有挽留住婆婆的脚步。听说公公被分配到秦岭山中,婆婆裤腿一挽,草鞋一蹬,踏上了寻爱之征程。婆婆步行进秦岭。在狼虫虎豹时常出没的秦岭腹地,婆婆翻蓝关,过莽岭,穿十里峡,仅草鞋就穿破了九双。

婆婆找到公公时,公公正在舞台上排练《白毛女》,眼前这个头发乱散,裤腿高挽,野人一样的女子吓了他一跳。他跳下台子,走向她,咯咯地笑,把四只眼睛的泪水全笑飞了。当晚,在他办公室兼卧室的房间里,公公破例弄出了三样菜:一盘土豆片、一盘土豆丝、一盘花生豆,两人的筷子抢得欢畅。盘子见底时,他们便完婚了。

时光悠悠,岁月艰苦,一晃十年过去了。七岁大的儿子对他爹妈的过分恩爱行为极为不满,很不服气,儿子稍懂事的时候,就将他们告到了近在隔壁的派出所,理由是:爹妈总睡一头,把他一人撇在另一头,夜夜如此。

穷乡僻壤，这一头条新闻天天被人传送，一传就是几十年。

婆婆除了一心一意爱丈夫外，依然在乡农场里培育各种蔬菜。她又培育出了一颗大南瓜。这次，不是三十公斤，而是六十公斤。县农科所获悉消息后，准备专门为那个大南瓜办一个展览会，相关领导承诺，如果那个大南瓜展出成功，得到上级好评，他们两口子便可以调回县委。婆婆闻讯欣喜万分，在南瓜地边搭建了一个草棚，和公公轮流日夜守护。可是，最怕的事情出现了，南瓜展出的前一夜，累了一天的婆婆刚打了一个盹，那个南瓜就不翼而飞了。

大南瓜被偷了。看着空空的瓜架，婆婆提着马灯连夜满村寻找，天亮时分，在一个老光混汉的茅屋里，婆婆看见了她的大南瓜。大南瓜已经支离破碎。光棍汉自己锅里煮的、牛圈、猪槽里倒的满处都是……

那人怕问责，一偷回去便将大南瓜分解了。

婆婆的魂彻底丢了。她当天就气得吐血。公公说，那血喷发而出，血溅三尺，差点将他吓了个半死。婆婆从此变了个人，她性情暴躁，身体一天比一天差，各种病魔纷纷找上门来，她从此不敢见南瓜，一见就过敏。

我在毫不知情的状态下，曾抱着一个大南瓜，兴冲冲跨进门，满以为这个农家爱物能给昔日的农学专家一个惊喜，不料却迎来了她恶狠狠的眼神，那眼神像一堵墙，让我们婆媳之间的情分隔阂了很多年。直到很多年后，我才知道故事原来是这样子的。

是公公前世欠了婆婆的债吧，不然，他为何对她那样好？直到这一天，打在我心里的疑问号变成了一个大大的惊叹号。

那晚，本该是公公看守那个大南瓜的，可他临阵脱逃，偷偷进城会见一个异性同学了。

公公自知自己犯了不可饶恕的错，便心甘情愿地用大半生的时间来弥补。

夕阳转眼落山了，一阵冷风吹过。公公慢慢站起身来，冲着这堆灰烬深深鞠躬，然后蹒跚离去。

公公颤巍巍地下了台阶，又回过头来，对婆婆叮嘱了句："衣服不够了，再给你买，钱用完了，我过几天再给你送啊！"

一股旋风将这堆灰烬卷起，旋转成团团浓雾，飘向林木的上空，消散在沟壑起伏的山岭。有钟声隐约传来，于是想起一个寺院门上一副对联的下联：夫妻应前缘，是善缘是孽缘有缘方配。

公公和婆婆的缘分或许需要好几生去延续。

借　钱

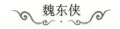

魏东侠

看着嘴角流血的张正，我恨恨地说："兄弟，我发誓，再也不往外借钱了。"

张正刚刚为我打了一架，确切地说，是为我借出去的钱打了一架，和不是东西的孙旺。

我们这一伙儿拜了把子，每天称兄道弟，吃喝不分，就连谁家死了人，大家都去披麻戴孝跪在灵堂一起哭。所以，当孙旺说他老娘需要动手术的时候，弟兄们纷纷倾囊相助。因为大家条件都不是很好，掏的钱数都很微不足道，有一百的、二百的，最多的掏了五百。孙旺哭着趴在我肩头说："大哥，还差得远呢。"

我一狠心，跑到信用社贷出两万块钱塞给孙旺。孙旺哭得更凶了，说："哥，我记你一辈子。"

五年过去了，弟兄们还隔三岔五地聚会，发了财的孙旺却从来不提还钱的事，就连每年的利息都是我在默默承担。张正看我的日子寒酸到一定程度，便忍不住伸张正义。但孙旺一歪脖子说："有你他妈啥事啊？"骂完借着酒劲上去打了张正一拳，打得张正直接从椅子上趴在了地上。

大家一哄而上，扯过孙旺边骂边打，说："你他妈孙旺也太畜生了，欠债还钱,天经地义,更何况咱大哥那是贷来的款呀,这世上有几个肯为你贷款的人哪？叫你丧良心！叫你丧良心！"

丧良心的孙旺被打得落花流水,像丧家犬一样落荒而逃。

"我们怎么交了这么个败类朋友啊？"

"瞎了我们的狗眼！"

"今后,谁他妈管我们借钱,我们都不借！"

"对对,不借,不借,谁借谁他妈孙子！"

"尤其大哥你,再也别往外借钱了。"

"好,不借,借就打欠条。"

大家最后拿孙旺没办法,却达成一项协议,就是以我为反面教材,再也不借给任何人钱了。如果非借不可的,也必须打欠条,省得碰上像孙旺这样的,告都没证据。

本来我媳妇是不知道这件事的,我不告诉她,是怕她饶不了我。打完架回到家,我的酒劲上来了。我喝多了没吐过,但比吐更可怕,我在吐心里话。我和媳妇坦白了一切后,便沉沉睡去。

媳妇在我醒来的第一时间就下了死命令:"三天！三天要不回来钱,离婚！"

我正发愁孙旺那副无赖嘴脸,电话响了,母亲在电话里说:"你快回来吧,你爹病得厉害。"

爹的病确诊了,胃癌,必须马上做切除手术。我媳妇哭成了泪人。她没那么孝顺,她是愁钱。我是独生子,老人的手术费一定得我们掏了。而眼下我们还有另外一桩难心事,孩子刚拿到大学录取通知书。

张正他们几个来医院看老爷子,孙旺没来。唉,这钱借的,真是人财两失啊！

张正说:"大哥,我们是有备而来,给,这是弟兄们凑的十五万块钱,先用着,不够再说。"

暖爱·通往梦城的火车

我感动得一时不知说什么。趁我媳妇和他们又诉苦又感恩的空儿,我写了一张欠条。

张正接过欠条看了一下,说:"大哥你这是干吗?"

我红着眼圈说:"我不能破了咱才立下的规矩,这就够感谢弟兄们的了。"

张正一把夺过欠条撕了,说:"大哥,你当初能为孙旺贷款,就是拿我们当亲兄弟了,我们要是连你都信不过,那还是人吗?"

弟兄们也七嘴八舌地说:"大哥,一听说你有了难处,大伙儿都没商量,就带着钱来了。"

我说:"我总得知道你们每个人谁借了多少,过后我好还呀。"

张正说:"弟兄们都说好了,这钱不用还。"

我说:"那不行。"

"怎么不行? 当初大哥是怎么借给孙旺钱的? 我们可都记在了心里。哥儿几个都相信,换作我们任何一个,大哥也都会这么帮的,对吧? 那么反过来,我们是不是也该回报一下大哥你?"

"这……"

"大哥你就拿着吧,换句话说,孙旺不还钱,你就当捐了,我们这钱,你也当是捐的好了。"

"别别,还是算借的吧。"

"不行!"哥儿几个异口同声。

"为啥不行?"

"因为,咱不说了吗,谁往外借钱谁孙子。你想占便宜啊?"

我想笑一下,泪却不争气地流了一脸。

母　亲

陈玉兰

　　当年母亲与父亲一次面也没有见过，就被姥爷五花大绑地押进了父亲的家门。当时年方二八的母亲是村里出了名的俊女，已有了心上人，是同村的"放牛娃"，母亲宁死不同意这门亲事。姥爷是至高无上的家长式老古板，对于母亲的反抗，实行了"牛不喝水强按头"的方式逼母亲就范。也许实属无奈，因父亲答应给姥爷五块大洋，姥爷急着给舅舅娶媳妇。

　　父亲与母亲实在不般配，母亲高挑的个头，走路胸脯挺得直直的，如她的人品一样端正。父亲与母亲一个属相，整整大一轮。父亲年龄大些尚可，可身高偏偏比母亲矮半头。父亲与母亲走在一起，像一个小屁孩儿跟在大人身后屁颠屁颠地跑着。

　　母亲进了父亲家门，根本不让父亲沾身。父亲倒也不吭气，乖乖地打地铺。有人问他，整夜睡地上不怕着凉？父亲乐呵呵地伸伸腰说："没事，傻小子睡凉炕，全凭火力壮。"

　　母亲整天挂嘴边只一句话："你毁了我一辈子，我要跟你离婚。"

　　母亲每说这句话时，都会用手指着父亲的鼻尖，咬牙切齿地发狠，好像要把父亲撕巴撕巴炖着吃了才解气。这时，父亲并不恼火，而是像一只做错事的小狗，蔫头耷脑龟缩身子，知趣地躲一边面壁反省去了。

母亲这句话说了两年多的时候,有了第一个孩子,而且是儿子。

父亲的欢喜自不必说,一拍屁股转了三圈,说:"咦,我当爹了。"当把屁股拍疼了才想起给母亲沏碗红糖水喝。父亲一下给母亲煮了五十个鸡蛋,一个一个给母亲剥了,白嫩光滑颤动着,掰一小块放到嘴边吹吹,送到躺在床上满身疲惫、满脸淌汗的母亲嘴边说:"张嘴,吃吧,补补身子。"

母亲倒高兴不起来,只皱着眉头唉声叹气。

那年《小二黑结婚》的戏正流行。母亲的"放牛娃"在她被逼嫁时,一气之下跑出去当了八路军的排长,风风光光回来找她。

母亲流着泪端详着自己的儿子,还不到百天,躺在床上,踢蹬着小手小脚,瞅着母亲咧嘴,笑得甜甜的。排长摸摸他的下巴,他竟然"咯咯"地笑出声来。母亲明白把儿子抱走会要了父亲的命。

把儿子留下,会要了儿子的命。母亲抽泣着对排长说:"我不能用两条人命换我的幸福。"她与排长依依惜别。

那晚,母亲与父亲无缘无故地大吵大闹,搅得地动天摇。父亲莫名其妙不知所措,只蹲在炕沿低头抽闷烟。父亲听见母亲翻来覆去就那一句话:"我前世欠你的,老天惩罚我来还你的债,你毁了我一辈子,我要跟你离婚。"当然,母亲用手指着父亲鼻尖数落这个动作是少不了的。

母亲嘴里唠叨着这句话,给父亲生了五个孩子,而且都是儿子。老人们讲,生儿子是男人喜欢自己的女人,孩子就随男性。这句话有没有参考价值不知道,反正父亲特别疼爱母亲。

困难时期,父亲拉煤车,即把煤厂的煤渣给人送到家里。家里五只虎嗷嗷待哺,靠父亲一个人养活,父亲早早累弯了腰。母亲从来不吃干的只喝稀

粥。母亲给五只虎每天两顿饭，山药面、高粱面、荞麦面掺和着改着花样做着吃，逢年过节，才用玉米面改善生活，白面全部给了父亲吃。

母亲养了五只下蛋的老母鸡，每天必定给父亲煮五个鸡蛋。母亲一边给父亲剥鸡蛋壳，嘴里一边数落："吃饱了，身子骨才结实，才有劲拉车，一家子人靠你养活呢。唉，我怎么跟了你，你毁了我一辈子，我要跟你离婚。"每当这时，父亲就会咧嘴憨笑，仿佛母亲夸他一般。

每年的麦收时节，母亲便趁着夜黑偷偷到城外的农村捡麦穗，回来用碾子碾成白面，给父亲烙白面饼。烙饼卷鸡蛋，是父亲最爱吃的。五个孩子馋得直流哈喇子，吵着向母亲要，可母亲只能让他们享受用白面皮裹了山药面烙的两面饼，鸡蛋也是掺了许多葱花摊成的。

今年春节，母亲感觉身体一天不如一天，竟晕倒了。当母亲醒来，发觉自己躺在医院的床上，父亲坐在床边的陪床椅上，正紧张地攥住她的手难过得发抖。

太阳暖暖地正向天边垂落，父亲的脸像涂了油彩，被映得红润光鲜。母亲这才发现父亲已是九十岁的高龄了，眼睛便湿润起来，轻声问父亲："你说如果有来生，咱俩还能做夫妻吗？"

父亲愣了半天，才展开满脸的核桃纹，神秘笑笑："不一定喽，如果下辈子我托生个有钱人，就去找你，让你好好地跟我享清福。如果还是这么穷，我就帮你找一个有钱的人家。我呢，就在你家附近，远远地看着你，只要你过得好，我就放心了。"

母亲不解地问道："你在我家附近干什么？"

父亲认真地说："不干什么，就、就是想当那个排长。"

母亲一下子愣住了，眼前这个男人，明明知道自己心中只依恋着那位排长，却默默爱了自己一生！母亲眼泪如泉涌般汩汩涌出说："咱俩来生还做夫妻，好吗？"

母亲第一次让父亲把她紧紧搂在怀里。

周庄，周庄

崔 立

爷爷过世后一个月的一晚，我坐在房间里玩电脑，奶奶进来，很神秘的样子，一进门就关上了门，问我："你知道周庄吗？"

"周庄？"我愣了下，感觉这个地名好熟悉。

我点开百度的网址，输入了"周庄"两字，一回敲，周庄的资料就出来了：始建于1086年的古镇周庄，是隶属于江苏省昆山市和上海交界处的一个典型的江南水乡小镇，江南六大古镇之一……

奶奶字不识几个，眼神也不好，我按着查到的资料，给奶奶念，还不时地问奶奶："你说的是这个周庄吗？"

奶奶很认真地听着，直到听我把那段文字念完。奶奶站起身，若有所思地说了句："可能就是那里吧。"

奶奶开门出去了。奶奶走出去的步子，稍稍有些沉重。

一会儿，父亲进来了。父亲的脸色不大好看，他看了看我，说："你奶奶刚才进来了？"

我说："是啊。"

父亲说："她有什么事吗？"

我说："奶奶让我查了一个地名，周庄。"

父亲的脸更不好看了，说："你帮她查了？"

我说："查了。"

父亲说："下次她再让你查什么，都不要给她查了，知道吗？"

我说："为什么？"印象中，父亲对奶奶还是很尊重的。

父亲重重地哼了声，说："你一个小姑娘，问那么多干什么！让你别查就别查！"

父亲板着脸，走了出去。我心头疑惑，父亲这是吃错药了吗？

隔一天的晚上，奶奶又进来了，还是很神秘地关上了门。奶奶说："你能查到从上海到周庄怎么走吗？"

我想起了父亲的话，我问："奶奶，你去周庄干什么啊？"

奶奶似乎在掩饰什么，说："哦，我不去周庄，我就是问问。这不，我在小区楼下散步时，碰到一老太太，她问我的。"

奶奶骗人的样子一点儿都不高明，我一看就知道是假的。我说："奶奶，你别瞒我了，我爸都知道了。"

奶奶眼睛睁得大大的。

有敲门的声音，还有父亲厚重的咳嗽声。奶奶的眼睛中，猛地有了些慌张，小声央求我："别和你爸说啊！"

我点点头,说:"好。"

奶奶开门出去了。很奇怪,父亲也没有进来。我很纳闷儿,这是怎么了?

缘于好奇,我查了从上海到周庄的路线,很方便,到旅游集散中心,坐旅游大巴,一个半小时就能到周庄了。

隔几天,我从学校回来,看到了在小区里走来走去的奶奶。奶奶似乎是在等我,看见我,赶紧走过来,拉着我就到了一个角落。

我微微一笑,说:"奶奶,你是不是要给我讲个周庄的故事呀?"

奶奶看着我,知道是瞒不住了。奶奶叹一口气,说:"你知道吗?年轻时,我其实最想嫁的,并不是你爷爷,是另一个男人——"

我的眼睛睁得大大的。

奶奶没理会我脸上的惊讶,继续说:"那个时候,真的不像现在,穷啊。我是家里的长女,下面还有三个弟弟,都要吃饭。我爸我妈没办法,就把我许给了你爷爷,你爷爷家生活比较宽裕,答应多给我们家一些粮食。哪怕我和那个男人多么相爱,但他家里也穷,和我们家一样穷。后来,那个男人就走了,据说,是去了周庄。现在,你爷爷过世了。我就想,去看看那个男人,我只是想看看他,看看他过得好不好……"

尽管奶奶讲得是那么波澜不惊,我的心还是无法平静下来,想不到"琼瑶"似的爱情悲剧在奶奶身上也会发生。

不知是从哪里来的勇气,我对奶奶说:"奶奶,我,我带你去周庄吧,我知道怎么去……"

"真的吗?"奶奶眼中满是惊喜。

我说:"当然!"

三天后的上午,我和奶奶瞒着父亲出了门,直奔旅游集散中心,买了去周庄的车票——

到了周庄,我们叫了辆出租车。奶奶颤巍巍的手,拿出一张泛黄的纸,上面有一个地址。

我说："师傅，就去这个地址吧。"

司机摸着头，说："这个地方我好像没听说过。"

司机人还不错，边开车边沿路帮我们打听，直到车子在一栋老宅前停下——

我和奶奶下了车。一个中年男人站在老宅门口，奶奶报了那个男人的名字。

中年男人说："哦，你说的是我父亲呀，他，他都过世七八年了，你认识我父亲？"

奶奶的脸，瞬时苍白如纸。

从周庄回上海，奶奶就病了。她躺在房间里，不肯吃饭，也不肯喝水，就那么直愣愣地躺在床上，嘴里不停说着三个字："不在了，不在了……"

父亲把我从奶奶房间狠狠地拽出来，父亲看我的眼神，很吓人。

父亲说："你为什么带奶奶去周庄？"

我的眼中汪出了泪。

父亲说："你知道吗？你爷爷去世前一周，特地让我去周庄找过那个人，知道他不在了。你爷爷让我瞒着你奶奶，你爷爷说，千万别让你奶奶去周庄，要让你奶奶有盼头地好好活下去……"

我脑子猛地"嗡"了一声，我做了件天大的错事！

侯芝麻

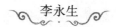

李永生

侯芝麻是我们单位的一名临时工,说具体点,是食堂的一名大师傅。他和我同村,是个乡间厨子。因为单位食堂缺人,我便介绍侯芝麻来了。

侯芝麻刚来的时候五十多岁,小个子,罗圈腿,五官属于"大众脸",让人一见似乎觉得在哪里见过,过后又让人想不起来。

单位的临时工有十几个,虽说都是临时工,但彼此之间还是有差别的。有一些和我们一起搞业务的,已经"临时"了好多年,这部分人一旦遇到机会就有可能"顶"上去转成正式工。侯芝麻只是做饭的,和单位的业务不沾边,所以在临时工中地位比较低,再加上年龄大了不占优势,所以"顶"上去的机会不大。

我也曾跟他说:"年龄大了,干活儿悠着点,除了做饭,别操心其他的。"

侯芝麻的饭菜做得可口,煎炒烹炸、蒸煮溜炖,样样拿手。特别是夏天,我们大汗淋漓地下乡回来,他能别出心裁地为我们做一道"醋熘西瓜皮",吃起来香脆又解暑。

侯芝麻饭做得好,人也勤快。由于单位后勤人员少,他除了做饭,还主动帮助我们干一些其他工作,比如打扫卫生,分发报纸,看大门等。他也从不跟我们要额外报酬,只心满意足地拿他那份大师傅工资。

有时候,他还大半夜起床,把院子打扫得干干净净,把楼道用墩布擦一遍。单位领导曾不止一次当着全体干部职工的面表扬他,号召大家向临时工侯芝麻学习。侯芝麻就成了我们单位的模范,年底竟捧了一张大奖状。

我们想,侯芝麻之所以这么勤快敬业,自然是想着有朝一日真的"顶"上去。

侯芝麻还经常跟我探讨一些业务知识。我说:"你这么大年纪了,管好自己的事情就得了,学那些知识,有什么用!"侯芝麻却说:"怎个没用?知识就是艺,艺多不压身嘛!"

若不是后来那档子事,侯芝麻的"模范"也许会一直当下去。

那些日子,单位进行办公楼改建,住房紧张,住宿人员只能五六个人合住一间宿舍,侯芝麻和我们四个人住一间。

那晚，月亮透圆。半夜，侯芝麻起了床，穿戴整齐后，走出门。但这次侯芝麻没扫院子，也没擦楼道。而是径直走进厨房，拿了把菜刀又迈着罗圈腿回了宿舍。

接下来的事情经过是这样的——

侯芝麻拎着菜刀挨个看了我们一遍。此时，在侯芝麻眼中，我们的脑袋已经不是脑袋，而是一个个滴溜圆的西瓜，侯芝麻望望眼前的几个"西瓜"，目光婀娜起来。他伸出另一只手，拇指和中指搭起来，开始挨个弹"西瓜"，梆梆，梆梆，连着弹了两个，都摇头（似是西瓜不熟）。这两个哥们睡得太死，侯芝麻已经把他们的脑袋当西瓜弹了，愣是没醒。侯芝麻接着弹下去，但弹到王小猛的时候，侯芝麻不摇头了，而是满意地点点头（看样子这个西瓜熟了）。侯芝麻扬刀就要切西瓜，但这时王小猛忽然醒了，一睁眼看见举着刀的侯芝麻，吓得"妈呀"一声。侯芝麻被一下子惊醒了，打了个激灵，菜刀哐啷掉到地上，王小猛望着侯芝麻，侯芝麻望着王小猛。忽然，侯芝麻跑了。

我们这才知道，侯芝麻梦游。接着我们想，原来过去侯芝麻大半夜起床扫院子擦地板也是梦游。

梦游症患者侯芝麻被辞退了。

但我们心里一直念着侯芝麻。

这事过去已经二十年了，就在上个月，我忽然听说侯芝麻死了。我赶忙回家去参加他的丧礼。

我给侯芝麻的遗像三鞠躬后，侯芝麻的儿子哭着把我拉向一边，告诉我说侯芝麻临死前拍着胸脯对他说，那次拎着菜刀"切西瓜"确确实实是梦游，但他大半夜起床扫院子擦地板却不是。

回到单位，我对认识侯芝麻的那些"老人"们说："日有所思夜有所梦，侯芝麻就是一心为大家着想，也许是'醋熘西瓜皮'那道菜没原料了，所以才想'切西瓜'。"

大家都说："对着哩！"

幸和福的距离

丁 丽

　　村里一个年轻后生,在镇上学校读高中,成绩顶呱呱的,是乡亲们眼中的好秀才。但是,很不巧,他生长在一个特殊的年头:高考被砍掉了。于是他和同学们一起,怀着一颗热忱的心去入伍参军,结果因为视力问题,他的体检没通过,年轻人只好回家务农。幸运的是,村主任踩着点找了过来,推荐他到村小学教书,让他成了一个民办老师,与此同时,他还收获了一份美好的爱情。那个女孩是他的小学同学,两个人原本彼此就有好感,到了谈情说爱的年龄,便顺理成章地好上了。男的斯文儒雅,女的容颜娟秀,两人你情我意,浓得化不开。

　　这个看似美好的故事是在我上大学时,姑姑跟我说的。故事里的年轻人是我父亲,遗憾的是那个女孩却不是我母亲。而拆散他们的竟然是我最爱的奶奶。

　　当年,父亲郑重地向家里提起,要娶那个女孩。爷爷没表态,奶奶却坚决反对,她说女孩的家庭不好。女孩的父亲是个算命的,到处招摇撞骗,名声很坏。她的母亲不太安分,村里闲话太多。这样家庭出身的女儿来到自己家做儿媳,一向保守的奶奶是一百个不愿意的。

　　父亲一再强调:"女孩人好,和她父母是完全不一样的。"

奶奶就是不同意,甚至父亲给奶奶下跪请求,奶奶就是不松口。

无奈父亲最终娶了我母亲。母亲是跟着外婆从外地逃荒过来的。奶奶好心地接济了母女俩,帮她们弄了个安身之地。又见我母亲眉眼顺从,老实本分,就主动和外婆结了亲家。

那个女孩不久也嫁人了。但何曾想到,没过几年日子,她竟得了癌症死去了。真是命薄啊!父亲听到这个噩耗,一向不抽烟的他,整整抽了一夜的烟,没人知道他到底哭没哭。

不知道这个故事时,我是站在母亲这边的。

从我记事起,母亲和父亲彼此都没有好脸色,家里经常闹得鸡飞狗跳。在每次争吵中,母亲步步紧逼,说话能呛死人。母亲脾气不好,但是我仍然向着她。奶奶也向着她,奶奶说:"你妈刀子嘴豆腐心,她心地善良得连一只蚂蚁都不愿踩。"

我站在母亲这边,坚定地认为是父亲的错,嫌弃母亲没有文化,他对母亲不冷不热的,爱理不理的。母亲很可怜。

小小的我,长期接受父母吵架的洗礼,思想远远超出了我的年龄。在我的眼睛里,母亲不幸福,我希望他们离婚。但在听了这个故事之后,我心中的天平瞬间倾向父亲。守着一个无爱的婚姻,父亲才是真的可怜。

一天,父亲上平房收花生时突发脑出血被紧急送到医院抢救。刚刚参加工作的我请了假,赶到医院看护。父亲一直处在昏迷状态,一天到晚地挂水,我坐在病床前,捧着他的手,看着青肿得像面包的手,被扎得一个针眼一个针眼的,我的泪奔涌而出。

半个月后,父亲才清醒过来,第一眼看到我,他笑了。

母亲一直没有来探望父亲,甚至到父亲出院的时候她都没来。打电话给她,她说话还那么冲:"看什么看,死了正好!"

我心里特酸。还是离婚吧,谁也不欠谁了。

但好几年过去了,我成了家有了自己的孩子,期待的父母的离婚始终没有出现。

那次，父亲和母亲又吵嘴了，父亲说："根本没人喜欢你，你一辈子都是这样，让别人看笑话。"

这话击中了母亲的要害，她生平第一次离家出走了！

父亲在村里到处找母亲找不到，又把亲戚家的电话挨个打了一遍，都没有得到母亲的消息。他来到我家里，坐在沙发上，双手抱着自己的头，抽泣。我第一次看见父亲为了母亲，在女儿面前哭。

我发寻人启事，又报了警。一个月后得到消息，母亲出走到了滁州。父亲和舅舅心急火燎地赶到滁州，把母亲接了回来。原来有两个学生在马路边看到母亲坐在地上，头发乱糟糟的，衣服脏兮兮的，眼神呆滞，还以为她精神有问题，便报了警。

我问母亲怎么跑到滁州了，母亲说外婆的娘家就在那里。大字不识一个的母亲是靠着儿时的记忆，一路要饭要到了滁州。我不禁潸然泪下。

母亲回来后，父亲变了很多。他们偶尔也会吵几句，但很快就熄火了。

父亲有时会打电话向我告状。父亲不听话，母亲说不通，也打电话向我诉苦，我在哄了他们 N 次后突然发现他们对彼此的埋怨里都带着深深的爱。

说好了的

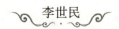
李世民

　　小灰站在脚手架上，望天上的云彩，望远处的楼群，心里算计着眼下的日子。他痴痴地想，大楼什么时候能封顶呢？

　　大楼建造得很快，就像春天的小麦。春天的庄稼田里，村里人把草锄得干净了，肥料施足了，加上一场透地雨，就开始呼呼地往上蹿了。这座大楼，工地上材料准备齐，机器顺畅，工具家伙瓦亮，工人们合着号子催赶，也像小麦一样呼呼地往上长。

　　那天，施工队刘队长把十几个技术骨干召集到一起，给大家鼓劲说："项目部领导表扬我们了，说我们的工程进度快，工程质量高，领导说了，如果我们提前完成工期，会给大家发奖金的。"

　　大家听了，就像小麦抽出了穗儿，生出了丰收的希望，小灰带头举起了手，啪啪地鼓掌，大家都把双手举成最高，啪啪地拍巴掌。

　　等大家停下来，刘队长又说："不光给大家发奖金，还要请大家去望月大酒店喝酒去。到时候，肉随便吃，酒随便喝。"

　　"说好了的。"大家纷纷说。

　　"说好了的。"刘队长响亮地说。

　　望月大酒店就在离工地不远的地方，小灰站在脚手架上就能看到，甚

至,小灰还能闻到从酒店飘来的烤鸭的味道。当然,也不单单是小灰,工地上所有的人,站在施工的楼上都能看到望月大酒店,而且,能看到酒店前停放的轿车哪一辆是宝马,哪一辆是奥迪,或者,出入酒店的人哪一位是领导的模样,哪一位是明星的架势。他们有时候还会想,如果到了大楼封顶的那一天,自己也可以大摇大摆地出入望月大酒店,说不准,就会和哪个大领导撞个满怀,说不准,就会与哪个大明星擦肩而过。

其实,小灰是去过望月大酒店的。前一段,刘队长让小灰和一个同伴去酒店里送一袋水泥两袋沙子,小灰高兴坏了。回来时,小灰手舞足蹈地向同伴们描述,酒店大厅顶部的那个吊灯,比工地上的那个搅拌机还大,酒店房间里的那张大圆桌,上面就是放一头牛,还有翻跟头的地方。

小灰的描述,比作家写的故事还动人,比钢琴家演奏的曲子还好听,有谁不想去看一看那个比搅拌机还大的吊灯,有谁不想亲眼见到那张放一头牛还有翻跟头的地方的大圆桌呢?

惦记着那个日子,大家就铆足劲儿干。"嗨嗨嗨",每天工地上都传来响亮的号子声。

夏天,太阳像马蜂一样,狠着劲儿蜇人,工地上的瓦儿,被蜇得顾头不顾腚。其实,瓦儿脑瓜灵,手艺好,干出的活儿,刘队长最能相中,只是瓦儿经不住太阳晒,他偷偷买了车票,收拾行李准备回家。

小灰不乐意了,他黑虎着脸问瓦儿:"奖金不想要了?"

瓦儿说:"不要了。"

小灰说:"望月大酒店不想去了?"

瓦儿说:"不去了。"

小灰说:"不是说好了的?"

第二天,瓦儿背起行李想出门,却发现车票不见了,瓦儿左找右找,哪里都找不到。

小灰说:"别找了,让我给撕了。"

瓦儿红着脸说:"撕了我咋回去?"

小灰说:"要是怕太阳晒,我们去找刘队长,给你安排凉爽地儿的活儿;要是回家,就不是男人。"

秋天说来就来了,小灰和瓦儿望着钻入云端的大楼,心里和天气一样清爽,是啊,大楼就要封顶了。

小灰出事了。

谁又相信呢,小灰,在工地上干了十二年了,干练沉稳,心细得像头发丝儿,后脑勺上像长了眼睛呢,大活儿、小活儿,都没出过差错,按说,谁出事也轮不到小灰出事。

可是,大雁是个新民工。那天,准备为大楼顶端的柱子浇筑混凝土,大雁扛了一根钢管,递给上面的架子工,架子工还没接稳的时候,大雁就松开了手,那根钢管,就脱落下来。这时候,大雁也看到了,他伸手去接,年轻的大雁哪里接得到从上面直落下来的粗笨钢管,他趔趄一下,身子倾斜了。

大家都看到了,如果不是眼疾手快的小灰扑过去,大雁的整个身子会被推到离柱子十几米下的平台上。这样,大雁被推到了一边,而小灰,和那根钢管,一起落到了平台上。

封顶的这一天,刘队长带着大家,来到了望月大酒店。菜,上齐了,酒,打开了。空着的那个位子,也摆上了餐具:筷子、湿巾、酒杯。

刘队长对着那个空位子说:"小灰,说好了的,你怎么走了呢?!"

大家流着泪说:"是啊,说好了的。"

习 惯

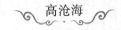
高沧海

老头儿七十八岁时,老太婆六十八岁。

清晨,当画眉开始在房檐下叫,老头儿就起床,一件件穿上搭在椅背上的衣服,喝一碗老太婆递过来的热豆浆,便提了鸟儿,出去遛腿脚。

约摸着一时三刻的工夫回家时,老太婆正做好了早饭,碗筷也摆上了桌,笼里的鸟儿叫得欢,老头儿便对它说:"莫急,莫急,就给你开饭哩!"

他把鸟笼挂在窗下,先喂了它,再去桌边吃饭。

老太婆要去走亲戚,一遍遍叮嘱:"饭菜都在锅里,电饭煲开着保温,啥时吃都热着!"

老头儿挥着手说:"走吧,一会儿晌午了!"

老太婆说:"钥匙好好装着,别把自己锁门外! 我可是要过晌才回!"

老头儿不理会,提了鸟笼出门去,老太婆追到门口说:"大水杯里是凉好的茶,暖瓶用完放一边,小心绊脚!"

老头子踢踢踏踏走下门前的台阶了,老太婆还在嚷嚷:"鸟食就放窗台,一次别喂多……喂,死老头! 你不听,上回我去大姑家,才坐下就找人打电话让我回……今天我就不带手机!"

老太婆絮絮叨叨地说着,一早上忙这些絮絮叨叨的事,忙着忙着,天真的就要晌午了。

热热闹闹吃过了晌饭,亲戚挽留老太婆吃了晚饭再走,老太婆推辞道:"你知道啊,老头儿一个人在家啊!越老越不中用,也不知吃没吃饭哩!"

老太婆赶回家里时,老头儿正奇怪地坐在床上,鸟笼子扔在窗檐下。

掀一掀锅盖,饭菜少了些,饭碗胡乱扣在桌子上。老太婆捡起扔在椅下的衣服,才看见坐床上的老头儿正在生气。

"我的夹裤呢!我的夹袄呢!立春了还给我穿这样多,大太阳晒着,腿都迈不开!"老头儿嚷嚷着,掀开盖在腿上的小棉被,光着瘦瘦小细腿儿给老太婆看。

老太婆去橱柜里三两把翻了夹裤、夹袄出来,隔老远扔到老头儿腿上:"厚的换薄的你都不会吗!老天爷,再伺候二十年行了吧!你活够了,让俺也歇歇,也该着让俺歇歇了!"

立春后的天气忽冷忽热,刚穿上的夹裤、夹袄,在一番冷气袭来时,又被收起来了。一早老太婆就把棉衣和棉裤搭在老头儿床前的椅背上。当老头儿在画眉的叫声里起来时,老太婆已经把一碗热豆浆端到床前。老头儿接了碗还未送到嘴边,就见老太婆变了脸色,摇晃了几下,一头栽倒了。

老头儿在众儿女的看护下怔了好些个时日,好像一转眼就要夏天了。老头儿真真切切地看到,老太婆栽在窗边的芍药开花了,白晃晃的白花,一层叠着一层的白。

早就给她说过,栽一棵开红色花的才是好看喜庆,老婆子偏就是不听。她是盼人死哩,她好落个清静,那天就听她说:"老天爷,再伺候二十年行了吧!你活够了,让俺也歇歇,也该着让俺歇歇了!"

这个鬼精老婆子,她想偷懒哩!老头儿有些生气了,画眉在笼里喳喳地叫,老头儿提了笼子,平日里一样踢踢踏踏地晃出家门去了。

约摸着一时三刻的工夫回家时,笼里的鸟儿叫得急,老头儿便对它说:"莫急,莫急,就给你开饭哩!"

把鸟笼挂在窗下,窗台上鸟食呢?转一圈到饭桌前坐下,老头儿手敲着桌面喊:"老太婆,上饭!"

画眉在窗外喳喳地叫着,随穿堂风涌进一些飘飘荡荡的杨树毛儿,直直扑到对面墙壁上去,墙壁上挂着老太婆的大照片。裹着黑纱的镜框里,老太婆静静地看着,看着空荡荡的饭桌。

暖爱·通往梦城的火车

镇宅之宝

高沧海

老北快六十岁时，才知道自己的老娘——那个自从跌坏一条腿就整天骂天骂地的老太太——不只叫北马氏、北他娘，人家还有一个非常婉约的名字：马月娘。

老北当时一下子就笑了。

闭上眼睛，叫月娘的女子，当是月下仙林中的妖，衣衫飘飘，有着绝世容颜和此曲只应天上有的美妙歌喉。哪里是老娘现在这副尊容，鼻塌嘴瘪，却又天天瞪眼骂人，架起拐杖就像架起枪，随时随地都好像要把老北干掉。

老北仔细分析过，有高山凸起，必有谷底凹陷，万物同宗，老娘的腿脚弱了，嘴巴自然就要凌厉，理解万岁。

当初老娘跌坏腿，老北把老娘接家里同住，由媳妇照看。

老太太说，楼上她不住，东西厢房她不进，她要住就住北堂屋。老太太念叨的北堂屋，就是老北家的大客厅。

老北说："娘，换间房，要不，您老住我那大卧室，听风望水？"

老太太一下子就嚷嚷开了："让我死，让我死！"

老北慌了手脚："住，住，您老不住北堂屋，谁住？"

老北席卷客厅的花花草草，当中支一张床，老太太见天就坐床上。从前有座山,山里有座庙。老北的客厅就成了庙,老娘就是庙里的娘娘,庙里的神。老太太冷峻的眼神迎来送往,家中来人去客出出进进都要先脱帽鞠躬说老太太好,老太太安,然后才夹起尾巴,踮起脚尖,灰溜溜穿过客厅。

老太太腿脚恢复得还不错,才一年有余,拄了拐,竟能慢慢挪动,或到院子里,或到大街上站一站,看冬去春来,梧桐又开了一树花。那天,老北回家,老远就看到自家门前围了一圈人,心下不由咯噔一声。老话儿有七十三、八十四,阎王不请自己去。老娘今年八十有四,正在旬头上,难不成阎王差人来请了?

三步并作两步赶过来,老娘正好好坐在大街上。看到老北,人们纷纷告状:"老太太在诉苦,没人管没人问,饿了大半天,水米没进哪!"

老北一脚端开房门,迎着媳妇的脸就给了一巴掌。

老北做了一桌子好饭菜,他说:"娘,是儿子的错,没好好伺候您。"

老太太汤汤水水,连洒带漏,倒也吃饱喝足,自顾抹嘴。老北暗里连连叹息,原先那么利索的娘,如今竟也不利索了,这哪像吃饭呀,说得不好听点,分明就是猪拱槽。老北扎上围裙,打扫一片狼藉的餐桌。

老北正干得起劲,听得外面街上人声嘈杂,间歇还有哭声,老北忍不住出来看看稀奇。

这一看可不得了,竟然是老娘,拐棍儿几乎就要戳破老天的脸,老太太边哭边骂:"庄子里姓北的人家,都是畜生,从男的到女的,从老的到小的,一家子都不是人,一天到晚,水米没给进哪!"

老北说:"娘,娘,您这是哪里话,咱这不是才吃过,碗都还没洗?"

老太太细细地打量一番老北,说老北跟屋里那坏女人是一伙的。

老太太坐在大街上,对着天空,骂了一晌午老北家的人们。

老北对媳妇说:"对不起,对不起,咱娘,老糊涂了。"

老北拿媳妇的手放在自己脸上:"你打,你打回来。"

后来,后来的后来,老北也就习惯了,庄子里的人也就都习惯了。

老太太吃过喝过,咳两声,清清嗓,坐在床上叫阵,老北就撤到院子里。老娘嫌没有听众,转移到院子里放火;老北就去大街上站,看冬去春来,又是梧桐花开。老娘拄起拐占领大街后,老北一溜小跑搬来椅子,奉上热茶,老太太坐稳妥,对天喊话。训过老天爷,骂过八辈祖宗,地上画个圈圈,喊:"老北家的人们有你们好看!"这个时候,老北就提个马扎远远坐着,看日影渐斜,掠过屋顶,掠过屋顶上老猫的腰,咕咚落到屋山墙那一边去。老太太撩起衣襟擦嘴抹眼,抿一口茶,天地暗了,老猫下屋,收兵回营。

晚上,老北在小广场跳完几曲三步踩,回家,才站在自家门口,自家院子瞬时灯火通明。院里灯的按钮就在老太太床边,老北用余光瞄一下老娘。老娘正半倚床上,双手笼在袖筒,勾头勾脑似打瞌睡。

老北轻手轻脚穿过客厅——

老娘还健在,马月娘还在人间,好,好。

卖 树

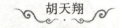

胡天翔

晌午了。一团团青烟从烟囱里蹿出来，南风一吹，向北漫过堂屋的瓦脊，溜进屋后树木繁茂的叶子间，消失了。那是一片白杨树。一棵棵白杨长得又高又粗，无数的叶子在风中轻轻摆动。

在院门左边的灶屋里，女人坐在锅台前的木墩子上烧火。中午吃捞面，把锅里烩的番茄鸡蛋汤盛进汤盆，女人在锅里又加了两瓢水。一把把芝麻秆顺进灶里，火舌舔着锅底。水响了、滚了，一锅面条下了锅。怕面条搅成团，女人用双筷子往锅里荡了荡。面条一熟，女人用漏勺捞进铝盆里，浇上凉水，过了两遍。

女人坐在院子里捣蒜泥。这时，一阵呼呼啦啦的响声由远及近而来，是自行车的声音。男人回来了？女人停下来，拿着捣槌望着院门。呼啦声小了，虚掩的院门开了，男人推着自行车进来了。

"怎么回来这么晚？"女人问。

"吴小利进城送板材了，晌午才回来。"男人说。

将自行车支好，拉开车把上帆布兜的拉锁，男人从里抓出一卷粉红票子，蹲在地上一张张数起来。男人数了两遍，女人数了一遍，都是四十六张。四千六百块钱，不多不少。

"啥时去给石头寄学费？"女人问。

"吃过饭就去。"男人说。

"嗯，都开学半个月了。"女人说。

"吃饭吧！"男人在井台边的水盆洗脸洗手。

女人进了灶屋，去盛饭，捞面条。

吃过饭，男人拉开堂屋东边桌的抽屉，拿出一个小本子，翻开，找到石头的地址，抄在一张烟盒纸的背面。四十六张粉红票子，男人数了三十张，用烟盒纸卷住，又塞进了帆布兜，推着自行车出了院子。男人去了镇上的邮政所。

洗碗刷锅，女人端了一大盆麦麸子水出了院子。"老黄"还拴在屋后的树林里。"老黄"是头老母牛，刚怀上牛犊子。天热，女人要给"老黄"饮点儿水。卧在树荫下的"老黄"看见女人，哞哞叫着站起来。"老黄"喝着水，牛虻和蝇子却趴在"老黄"的屁股上、腰上吸血，女人一巴掌一巴掌地拍过去，拍死了五六只大牛虻。盆里的水浅了，"老黄"伸出舌头舔盆底的麦麸子。女人挠着牛的脖子说："老黄，明年，你就不能在这树荫下乘凉了。"

是啊，这些杨树已经卖了。到了冬天，买树的吴小利就要来锯树了。

这片杨树一共三列、十五棵，还是女人来相看那年种的。是三月吧，女人来相看。女人对男人还算满意，也不嫌弃作为新房的三间黄泥屋，虽然除了墙根是砖垒的，墙是黄泥砌的，屋顶没有一片瓦，铺的是茅草。只是看到宅子外面光秃秃的，女人要男人栽些树。"栽！栽树！"男人的父母说。男人是家里的老大，下面有三个弟弟。看着儿子们一个接一个都长出了胡子，男人的父母也心急，成家一个是一个呢。女人前脚刚走，男人后脚就去林场赊

了四十棵杨树苗。一家人全动手,挖坑、掂水、浇水、培土,天黑之前,四十棵杨树都栽上了。

亲事就这样订下了。

过了年,青麦扬花,二十岁的女人穿着红袄、披着红围巾、坐着娶亲的马车,从小谢庄来到了杨楼,嫁给了男人。女人先是生了个丫头,取名叫小荷;后又生了儿子,取名叫石头。日子一天天过去,小荷和石头越长越高,四十棵杨树也越来越粗。石头去城里读高中那年,扒旧屋盖新房,架梁用檩条,男人锯了十棵杨树;小荷出嫁那年,拉院墙盖灶屋,买砖头、水泥,男人又卖了十五棵;四十棵树,就剩屋后的十五棵了。昨天,这十五棵杨树也卖了。要给读大学的石头缴最后一年的学费。

"给石头缴学费要紧,明天去小吴庄拿现钱。"吴小利说。

"树叶没落哩,树还长,等冬天我再来锯树。"吴小利说。

"不能让树在宅子里白长,多给你一百块钱。"吴小利还说。

树贩子吴小利是真相中这十五棵白杨树了。

日子过得真快啊。这些杨树已经长了二十八年,都有一搂粗了。特别是挨粪堆的那一棵,女人张开双臂抱住树干,两条胳膊使劲伸,两只手的中指还挨不到一起。

看到日头偏西了,该下地除草了,女人拿着空盆回了院子。"石头爹到镇上了吧?"女人想。

到了镇上邮政所,男人走进了营业厅。在一张汇款单上,填了金额,抄下烟盒上的地址,按照惯例,男人在附言栏里写上"好好学习、别乱花钱"八个字。可是,想到石头明年就毕业了,男人就不想写这句话了。写什么好呢?男人想了想,写了一句话。

三天后,省城某学院的学生杨小石收到了一张汇款通知单。在汇款单的附言栏里,他看到了七个字:"屋后的杨树卖了。"

缘分只因一回眸

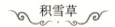

积雪草

遇到他那一年，她只有二十一岁，大学还没有毕业。

周末，她和同学一起去影城看电影，散场的时候，看到他。他和几个人在打架，同学随手指点着他说："你看，那个长得高高大大斯文秀气、手臂上有一只蝴蝶刺青的男孩子是我们家邻居。"

她顺着同学手指的方向看过去，那个男孩子有一丝忧郁的气质，拉开的架势却是不相称的要拼命的姿势，她有些想笑，却笑不出来，心底里生出涩涩的滋味。

男孩子根本顾不上看她，全神贯注地和对手相搏。

走出去很远，同学说："他其实挺可怜的，小时候就没有母亲，跟着一个成天不回家的父亲过日子，能学好才怪！"

她忍不住又回头去看他，刚好他也看过来，目光在空中相接的瞬间，她听到心中什么东西"哗啦"一下发出垮塌的声音。

没及回头，男孩因为看她而分神，胸口上重重地挨了一拳，像失去了支撑的藤蔓，慢慢地倒在地上。对手又欲拿脚踹他，她松开同学的手，跑回去，护住他，像一只愤怒的小狮子一般大吼："别打了，别打了，会出人命的！"

大家都惊讶地看着她，停止了手上的动作。她从口袋里掏出湿巾，轻轻

地拭掉他手背上渗出的血丝。他看
着她，忽然就笑了，苍白的面孔，因
为这个灿烂的笑容，变得生动起来，
那笑容令她想起一首歌，我想要怒
放的生命。

　　谁都没有想到，他们恋爱了，那
么不相称的两个人，一个是大学生，
毕业后进了一家不错的公司，成了
都市白领丽人；一个是没有工作、成天游手好闲的小混混儿。但，他们真的
相爱了。

　　但凡恋爱的人，都想修成正果，那就是婚姻。他们也不例外，她跑回家
跟父母讲，自己恋爱了，想要结婚。她生在知识分子家庭，父母都很开明。
父亲说："你把那个男孩领回家，我们相看一下吧。"

　　及待见到他，父母的脸就阴了，他的长相无可挑剔，可是他的出身、他的
家庭、他的职业，以及他胳膊上的刺青，都成了父母心头的刺。他走后，母亲
说："这门亲事，说死我也不能同意，你看他，哪是个正经人？正经人哪会胳
膊上刺上青乎乎的东西？二十几岁的人了，连个正经的工作都没有，你跟着
他不是往火坑里跳吗？"

　　她倔强地扬着头，说："这辈子，除了他，我谁也不嫁。"

　　父亲因为她这句话，气得心脏病当场发作，被送进了医院。母亲正眼都
不看她，说："我们不会逼你，但是你必须做出选择。如果你选择了他，此生
就别再踏进这个家门半步。如果你选择了我们，就当从来没有认识过他。"

　　她哭了，眼睛像桃子一样红肿。可是，最终她还是选择了嫁他，因为他
是这世间唯一的版本，再也没有重复的。而父母说是从此陌路，但其中的血
缘亲情不是一两句话就能割断的。

　　谁都不曾看好的这段婚姻，在她手里，却成了幸福的模本。

　　结婚后,他像变了一个人,不再和那群狐朋狗友混在一起,不再喝酒打架,他甚至跑去美容院里,把手臂上的那个刺青给洗掉了。他找了一份工作,从最底层的装卸工干起,没几天,手上就起了层层的血泡,他咬牙坚持着。

　　她心疼地说:"我的薪水够咱俩用的,你别太拼命了。"

　　他乐了,说:"我是男人,不吃点儿苦,怎么养家? 怎么养你?"

　　她由着他去折腾,他居然做得有声有色,先是加薪,后是升职,然后有了自己的小公司。没几年的时间,他的公司已经初具规模,他们换了大房子,买了新车。

　　许多人以为他有了钱,会骄纵,会变坏。谁知道,他还是像从前那样,回家做饭,晚上从来不在外面留宿,怕她一个人在家里害怕;即使出差,也会每晚打电话回家,给她买礼物。她怀孕以后,行动不便,他甚至每晚给她洗脚。听别人说她的母亲犯眩晕症住进医院,他更是跑前跑后,煮粥、炖汤、陪宿,她的母亲终于被他感动,认下了这个女婿。

　　闲时,她问他:"想不到你会对他们这么好,你不恨他们吗?"

　　他摇头,说:"不恨。感激还来不及呢! 如果不是他们生了这么好的女儿,我就不会有这么好的妻子;没有这么好的妻子,就不会有我的今天。当初他们的反对,我能理解,如果我有了女儿,想来也不会让她跟着一个不良青年。"

　　她依偎着他的肩膀,眼睛湿了。从恋爱到结婚,整整十年的时间,他们终于被父母接受了。

　　她又问:"你为什么对我这么好?"

　　他说:"当年,在影院门口,一个美丽的女子,因为偶然一回眸,像小狮子一般护住我。那时,我就发誓,此生要对她好,一辈子,无论中间发生什么事情,我都不会和她分开。"

　　偶然一回眸,只为你回眸,成就一段美丽姻缘。

镜　子

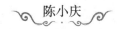
陈小庆

　　位于小城繁华地段的一个小饭馆，两间门面，菜很精致，屋子收拾得干干净净，如小家碧玉一样。长得精致，但一直缺乏一种豪气，和那些大家闺秀似的大酒店没法比，这大概就是老板在此经营近三十年一直没有发大财的缘故吧。

　　这天，还没有到饭点儿，进来一个人，让小饭馆忽然一亮，这难道就是传说中的蓬荜生辉？来的是一个绝对称得上贵客的人物。

　　这是个大概五十岁的男人，他慢慢踱到一张饭桌边，坐下。老板迎上来，问他吃什么。他要了一份饭店久负盛名的烩面。

　　那弥漫着香油香菜香、热腾腾的汤，那爽滑劲道的面片儿，吃了一口满口生香。

　　贵客吃完面，付了账，并不走，直盯着饭馆墙上的一面镜子。

　　镜子上红漆隶书写着的"开业大吉"的字已经很模糊了，镜子隐约可见水银暗花，是喜鹊登梅，实在是一面很普通的老物件儿了，但老板一直保留着，还常常为它拂去灰尘。

　　"……老板，你这镜子卖给我吧。"贵客沉吟了一下开口道。此时饭馆没有别的食客，他的荒唐请求没有造成太大的波澜。

老板正在收拾桌子，忽然就愣住了，耳朵听错了？自从股市大牛大熊之后，他还从未听说过有什么好事和自己有关。这块镜子，几年前，儿子们就想让扔掉。他也没有当回事儿，一直忙着，一直还挂着，现在，却有这么个贵客，指明要买。

难道现在是个旧东西就值得收藏？老板心里嘀咕，他早听说有人收藏旧桌椅板凳、砖头瓦块儿，就连破床单枕套都有人收藏。他说："收藏？我懂，这镜子可是三十年的老货了。"

"你想要多少钱？"贵客一笑。

看来没错，这么有钱有身份的贵客是不会看走眼的，这镜子一定有外人不知的价值。老板越发不知如何是好了，不卖吧，实在也不知能有什么好处。卖吧，开什么价呢？要多了，比如要三千五千，让人家笑话，万一要少了，亏了呢？

"嗯，我想和孩子们商量商量……"老板犹豫着。

"好，我等着。"贵客没有走的意思，一副不拿走不罢休的样子。

"不好意思，孩子们都不在。明天，明天给您回话怎样？您留个电话……"

那贵客递上来烫金名片，老板收好。

晚上，孩子们被他叫过来，很隆重地开了个会。商量来商量去，大家都把镜子看了好几回，没发现异常，老二甚至说他们单位仓库里好像也有一面这样的镜子。老板还回忆了当初几个朋友送镜子来时的场面，那几个抠门的家伙，别的都没带，就凑了十块钱，买了这面镜子，混了好几顿酒喝呢！

"最好的办法，是我们找几个收藏家来看看，看人家能出多少钱。"大儿子在市里开服装店，算是最精明的了。

几个有点名气的收藏家听说有面宝镜要卖，陆续赶过来。但看到镜子，纷纷一笑置之。老板让出价，都"嗤"了一声，只有一个最后说："瞎耽误工夫，这种镜子，我也有，你要吗？收破烂的都不要。"

第二天一早,心里疑惑不已的饭馆老板打通了那个贵客的电话。

贵客马上来了,老板咬牙要了两千块,那贵客笑了笑,没有犹豫,让司机把钱如数付了。

老板拿着钱,坠入五里云雾了:是不是自己要少了?

贵客将镜子镶嵌在自己别墅里书房的东墙上,他坐在藤椅上,凝望着这面旧镜子——巧珍出现了,二十多年未见,她还是那么年轻,只见她轻咬着筷子,伸手拢了拢长长的头发,面前的烩面冒着热气。那时他俩爱去这家饭馆小坐,合吃一碗烩面……

眼皮跳

朱红娜

老李的母亲有一个怪病——老是眼皮跳，隔三岔五就跳得厉害，且越发严重。

这病有十几年了，老李记起，从自己当上科长开始，母亲就得了这病。去了好多医院，看了许多医生，始终没检查出什么原因。

"这不是病。"母亲说，"眼皮跳是预感，可准了。"

每次母亲眼皮跳了，就跟老李说："最近有小灾，你可要小心预防。"

"这是封建迷信。"老李不相信。

可事实验证，每次母亲说过以后，总会出些问题。

这天一早，老李西装革履，正准备出门，母亲来到老李跟前说："山啊，妈右眼老跳，你千万要小心啊，注意身体啊。"

山是老李的小名。

"妈，我身体好好的，您放一千个心好了。"老李用力拍了拍自己的胸脯，让母亲看。

可晚上，身体棒棒的老李就被人抬到了医院，迷迷糊糊的老李在打了点滴稍微清醒以后，突然记起早上母亲的叮嘱，难道眼皮跳真有预兆？不对，都怪那帮王八龟孙，说什么三十年茅台不醉人，硬是被灌得不省人事。

"说了右眼跳、灾星到,你偏不信。不听老人言,吃亏在眼前。"母亲在老李面前直唠叨。

"好了好了,这次是例外,下不为例。"

没过几天,母亲又说右眼跳了。母亲叮嘱要防血祸,开车要小心。几天后单位的车就出了车祸,虽然老李不在车上,车也只是撞上了树干,瘪了车头,但老李仍然惊出了一身汗。莫不是母亲的眼皮跳准了?

单位人事变动,老李发现科室里有人背后搞他的小动作……老李才想起母亲几天前曾告诫他要与人为善,不与小人计较。原来母亲说的小人还真有。罢了,就听母亲的,任他去吧,不与小人一般见识。

左眼跳财右眼跳灾,老李的母亲从未左眼跳过,每次都是跳灾。

"妈,你就不能左眼跳跳吗?"老李戏谑道。

"山啊,妈左眼跳了,你有好事了。"终于有一天,老李听到了母亲的报喜。

其实,不用母亲左眼跳,上级已跟老李谈话了,要提拔他了。

母亲的眼皮真灵,老李心服了,真信母亲了。

"妈,等着吧,以后您就不会右眼跳,只会左眼跳了。"老李喜滋滋地跟母亲说。

"糟了,糟了,右眼又跳了。"老李笑声还没停下来,母亲的惊叫声就响起来了。

"妈,怎么了,好事黄了?"

"山啊,福祸相依,福也祸也。"

老李一听浑身打一激灵。

此后,母亲隔三岔五就右眼跳。老李刚想收老板送上的巨款,母亲就说右眼跳了,老李马上把手缩了回来。

老李对女秘书动心了,母亲的右眼又跳了,说:"山啊,你可要防色劫啊。"

老李牢记母亲的话,再看女秘书的时候,怎么看怎么丑陋。老李就把女秘书换成了男秘书。

母亲的眼皮不时地跳。老李宁可信其有,时时防着,处处谨慎。

许多一把手纷纷落马了,老李却安然无恙,安全着陆。

老李悠闲在家,看八十多岁的母亲身体健朗,脸色红润,不时仍在厨房忙碌,烧他喜欢吃的菜,在阳台侍花弄草,老李感觉自己特幸福,仿佛又回到了童年,被母亲宠着、爱着。

老李突然发现,母亲的怪病竟然好了,再没听她说过眼皮跳了。

"山啊,那是骗你的。"母亲嘻嘻笑着说,"我的眼皮从来就没跳过。"

老李挠了挠头,忽然明白了母亲的良苦用心。

染血的鞋底

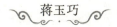

蒋玉巧

国庆节前几天，母亲在电话中说："玉儿，我给你们每人做了双布鞋，抽空回家拿吧。"

母亲做姑娘的时候就会做布鞋，以前很多亲戚穿的布鞋都是她做的。现在人虽然不穿那种布鞋了，但母亲还是喜欢做，还说买的胶底鞋不如她做的布鞋暖和。可是，前几年母亲得了颈椎病，从此落下了病根——手无力。别说做布鞋，就是扫地也感觉吃力。

我正沉思，母亲又开了口："听说广州那边，冬天大家都不用暖气，也不烤火。我记得，小时候你特别怕冷，一到冬天，脚像冰块一般，怎么暖也暖不过来。我用上好的棉花，特意给你们做了很厚的棉布鞋，这才保暖。"

我这人冬天特别怕冷，脚冻得像冰。以前，母亲每次做布鞋，特意给我的那双多叠好几层棉花，可还是不顶用。每天晚上睡觉前，母亲再忙，也得帮我用热水泡脚，

这样心里才会踏实一点。如果有一天忘了，母亲忙完之后，马上钻进我的被窝，用滚烫的胸捂暖我的脚，她才放心去睡。

听母亲这么一说，我的心里一片潮湿。屈指算来，我已经有两年多没回去探望父母亲了，儿女们都远走高飞了，家里只有两个老人相依为命。想到这些，愧疚感油然而生。我忙哽咽着一个劲地点头："嗯、嗯。"趁着国庆假期，我回了一趟老家。

母亲拉着我的手，一个劲地笑，父亲站在旁边，搓着双手，呵呵乐个不停。那天，母亲做了一大桌我爱吃的菜，笑眯眯地看着我吃。我叫母亲一起吃，她说："你快吃，我还不饿呢。"

两年不见，母亲苍老了不少，常常说着说着话，就会问："玉儿，刚才我说什么来着？"然后拍拍自己的头，嘿嘿笑几声，"老了，不中用了。"

冬天一到，我马上拿出母亲做的布鞋，却意外地发现，鞋底上染着星星点点的血迹。我急忙问母亲怎么回事。

母亲笑着说："夏天蚊子多，打蚊子染上的。"

穿上母亲亲手做的布鞋，这个冬天立刻暖和起来。特别是儿子，高兴得蹦着跳着，说他们班上同学羡慕死了。我把这些告诉了母亲，母亲听后，只是一个劲地笑。父亲也在一旁嘿嘿地笑，笑得比母亲还开心。

一年之后，国庆节前几天，母亲又打来电话："玉儿，我帮你家每人做了一双新布鞋，你抽空回家拿吧。"

"妈，那双鞋还新着呢。你……"

"玉儿，布鞋洗过一次之后，就没以前那么暖和了。冬天马上到了，你趁着放假回家拿吧。"

母亲把话说到这份上，我心不甘情不愿地"嗯、嗯"几声，答应回家。

母亲见到我很开心，拉着我的手上下打量，眼睛笑成了一条线。

我怎么也没想到，一年之后，国庆节前夕，母亲又打来电话，告诉我，她又帮我们全家每人做了一双新布鞋，让我趁着假期回家去拿。

"妈,家里两双布鞋还新着呢,你……"

"玉儿,妈老了,趁着还能做,所以……"

"妈,做那么多布鞋有什么用呢。以后……"

"玉儿,妈今天晚上睡下,不知道明天还能不能起床呢。妈百年之后,就没人帮你做布鞋了!"

"妈,你胡说什么呢。"

"玉儿,妈的身体一天不如一天……"母亲说着说着,喉咙就哽了。

妈抽泣着说不出话,我才极不耐烦地"嗯、嗯"几声答应回家,母亲才欢天喜地挂了电话。

国庆过后一个月左右,我去 A 城出差,正好从家门口经过,我便想着顺道去探望一下父母。为了给父母一个惊喜,我没有事先告诉他们。

赶到家门口时,刚好是傍晚,走到门边的时候,听见母亲说:"老头子,这些年难为你。你一个大男人成天弄这些针线活儿,想想这些我心里就难过。都怪这该死的手……"

"你呀,别难过了!怪只怪我笨手笨脚,做得太慢了,要不你也能快一点见到玉儿。"

我再也听不下去,轻轻地敲响了门。

"玉儿,你怎么回来了?"母亲惊喜地叫道。

父亲听见叫声,手一抖,针便顽皮地扎进了父亲拿鞋底的左手,殷红的鲜血立即渗了出来,染红了鞋底。

"老头子,你的手!"母亲急忙拿过父亲的手,放进嘴里吮着。

原来,两年多没见我,母亲十分思念我。母亲跟父亲说,如果她能做布鞋就好了,这样就可以名正言顺地叫玉儿回家拿布鞋,可以见到玉儿了。父亲听后,要母亲教他做布鞋。那些布鞋都是出自父亲之手。

现在我才知道,布鞋底上的那些血斑并不是蚊子血,而是父亲使用针线不熟练,扎伤手指染上的。我的眼睛湿润了。

谁拉开的窗帘

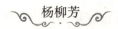

杨柳芳

　　苏小蓝睁开眼，便被一道阳光刺了一下。她揉揉眼睛，忽地怔住了——是谁拉开的窗帘？

　　一个人的卧室，一个人的客厅，一个人的厨房，家里除了苏小蓝还是苏小蓝。苏小蓝从床上跳起来，突兀的声音瞬间响起，谁？是谁？

　　除去苏小蓝那两个突兀的"谁"，房子仍然很安静。

　　窗外已是一片新绿，几只小鸟叽叽喳喳地叫着，远处的青山绿水分外娴静。苏小蓝掀开被子，整个身子光溜溜的，她低头看看自己的双乳，仍然丰盈而挺拔，这让她想起施正安的手，施正安的手喜欢在她双乳上滑翔，他喜欢在她耳边呢喃，他说："这是两座挺拔的山峰，而我是一只鹰，鹰只有在山峰上才能飞出英姿飒爽的气魄来。"

　　苏小蓝凝了眉，心头仿佛被什么扎了一下，酸酸的、楚楚的，还有隐隐的痛。她披上睡衣朝落地窗走去，阳光真好，把她近一个月的颓废一下子就照醒了，她伸了伸懒腰，打了个大大的哈欠，慵懒的神情就又不经意地爬了上来。

　　近一个月的卧床并没有打消她的困倦，反而愈睡愈困，愈睡愈累。她把自己锁进被窝里，锁进梦境里。她梦见无数个施正安，梦见无数瓶红酒，她在梦里和施正安喝酒，喝得满地狼藉、满腹苦水。待到一醒来，施正安没有了,只剩下一床的昏暗和疲惫。

苏小蓝想死的心都有了。但,苏小蓝害怕死,很怕。

隔壁邻居家的费爷爷死得太蹊跷。费爷爷向来红光满面,可突然在一个阴暗的雨天里死去了。死的时候,费爷爷的眼睛是睁着的,睁得奇大无比,从费爷爷的瞳孔里,苏小蓝仿佛看到了地

狱之门,那扇门黑暗而诡异,里面充满了扭曲的面孔。这让苏小蓝害怕死,但在痛苦面前,她又向往死,在向往与恐惧的边缘上沉浮,比单纯的痛苦还要痛苦。与其这样折磨自己,不如倒头锁进被窝里。苏小蓝是这样想的,后来也是这样做的。

这一个月里,除了上洗手间,苏小蓝没有离开过床,她准备了一个月的食物搁在床头,饿了就抓一点来吃,渴了就吸几口水。这一个月的卧床生活,使世界上多了一只叫苏小蓝的猫,这只猫在梦境里和现实中与一个叫施正安的男子纠结与缠绵。她痛不欲生,又乐此不疲。

费爷爷很孤单,费爷爷有一条同样孤单的狗,费爷爷把这条狗叫奇汉。这个世界上到底演绎了多少个老人和狗的故事,苏小蓝没有数过,她也数不清楚,因为数不清楚,她就紧紧地抓住了费爷爷和奇汉的影子。从这两个身影来看,苏小蓝总算明白了,愈繁华的地方,孤单就愈浓烈。而她自己偏又顶不住繁华的喧嚣,也热热烈烈地挤进来了,然后一头撞在了施正安的胸膛上。一切都显得俗不可耐,一切又不可不俗。

施正安的离开很简单,简单得让苏小蓝连一个巴掌都拍不起来。施正安离开时,只是轻轻地吻了一下她的额头,然后又在她耳垂上轻轻咬了一口,施正安说:"房子送给你,以后再找个好男人。"

是不是所有的鹰都一样，它们在一处山峰停留久了就要再去寻另一座山峰，寻出一片连绵起伏，一片浩浩荡荡。

到底是谁拉开的窗帘？

这个疑问又重新浮了出来。以至于苏小蓝惊喜了一番，她果断地认为是施正安，锁匙除了施正安有外，别无他人。苏小蓝冒着这一丝惊喜给施正安打电话，电话刚拨过去，就响起了提示音，居然是空号！

施正安说过："要结束一段感情，最直接了当的方式就是换掉手机号码。"想起这句话，苏小蓝愤愤地，一甩手就把手机扔了出去。苏小蓝朝手机坠落的方向喊："施正安，你去死吧。"

奇汉就坐在费爷爷的阳台上，看到苏小蓝兴奋不已，它朝苏小蓝汪汪叫，尾巴摇得欢快无比。苏小蓝看着它，一股孤单感油然而生。自从费爷爷死后，费爷爷的儿子嘱托过苏小蓝，说两个月后会过来把奇汉带走，在此之前希望苏小蓝能帮忙照看一下。可是近一个月的时间，苏小蓝完全把奇汉给忘了，在苏小蓝心里，忘记一条狗，比忘记一段感情要容易得多。

眼下，奇汉并没有忘记苏小蓝，它见了苏小蓝像见了费爷爷一样，这种兴奋导致它一个跳跃，跃过栏杆，落在了空调外箱上，而后它又从空调外箱跳进了苏小蓝的阳台里。

这一跳，让苏小蓝看呆了，她想起了窗帘，苏小蓝说："奇汉，是你拉开的窗帘吧？"

奇汉汪汪叫着，它围着苏小蓝转了三圈，就用嘴去拽窗帘，窗帘一下子就被奇汉拉了过来。

苏小蓝的眼泪一下子就哗啦下来，她走过去抱住奇汉，抱得无比心酸。

齐好收

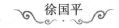
徐国平

　　谁也没想到,齐好收去了一趟省城,闷声不响地骑回一辆锃亮的自行车。而且,还是永久牌带包链盒的。

　　自行车可是稀罕物。整个大队,也就老支书有辆破旧的国防自行车。除了铃铛不响,车架子全身响。

　　社员们都弄不清,齐好收哪来的这么大能耐?

　　谁都知道,齐好收是个弃儿。据说,刚剪断脐带就被生母扔进了麦秸垛里。幸好,被村里一个老光棍拾粪时遇见抱回家,这人一口奶,那家一口饭,长大成人,娶妻生子。

　　齐好收平时性情孤僻,寡言少语,极少与人来往。社员们也都懒得搭理他。可自他骑回那辆自行车,队里一些年轻人都围着他,这个摸摸车把,那个摇摇车铃铛。齐好收嘴上没法说,却心疼车子,生怕车子碰少了一块似的,赶紧骑回家。

　　齐好收天天把自行车当成了一宝。每天下地干活儿回来,饭碗不端,头一件事就是擦车。

　　一次,齐好收的老婆趁他没在家,偷偷推出自行车屋后的场院里想学车,不料刚蹁上腿就连人带车摔倒在路沟里,腿磕破了一道口子。齐好收听

说后,跑回家先是心疼地检查一番,看自行车是否摔坏,却对老婆的伤视而不见。

老婆气得问他:"是人值钱还是洋车子值钱?"

齐好收振振有词:"你腿碰破换层皮就好了,洋车子磕坏了就长不上了。"

老婆扔下一句:"你以后搂着两个轮子睡觉吧。"老婆一撅腚抱起孩子便回了娘家。

这事在全大队传扬开来,社员们便给齐好收取了"二轮"的外号。

齐好收骑车,凡遇着沟沟坎坎的地方就下来推着车子走。遇到路上的水洼和泥坑时他就扛着自行车走。一次,他赶集买猪仔,回来时下起了雨,满路的泥泞,齐好收心疼自行车,就连猪仔带车子一起扛着跋涉了六七里地跑回家。

社员们见齐好收骑着自行车的时候没有扛自行车的时候多,就嘲笑他:"这玩意太娇气了,过河得骑人,遇水遇泥还得骑人,到底是你骑它啊,还是它骑你?"

村里有人串亲访友,想借他的车。可齐好收都是一口回绝说:"不行,借老婆我也不借洋车子。"

起初,人们对他议论纷纷,后来见他一视同仁都不借了,心中才平衡,怨气也少了一些。谁也没想到,后来发生了一件让人意想不到的事。

那是秋收,社员们正在生产队队场院里忙着剥玉米皮。三驴家的媳妇突然得了急病,可能是急性阑尾炎,痛得在地上打滚儿。三驴修水库去了,没在家。村子离县城有七八里路,最快的办法是用自行车带她去县医院动手术。队里有一辆拖拉机,可天没亮就到外地拉化肥去了。

众人很快就想到了齐好收的自行车,心想:"你齐二轮平常不借,这非常时期总该大方一回了吧!"

可令人想不到的是,他还是满口拒绝。众人看他如此不近人情,纷纷说他："乡里乡亲，你还有没有人味儿！"

可是，任众人如何数落，齐好收就是不应口，最后竟背起三驴媳妇朝公社跑去。七八里路，他竟一气跑到了公社医院急诊室。

不想到将三驴媳妇一放下，她"扑哧"一声笑了，对齐好收不好意思地说："俺可能是岔了气，你一跑一晃，气通了，肚子不疼，好受了！"

三驴媳妇边说边看齐好收，只见他面色苍白，满头汗水，脸越来越扭曲，最后一下瘫倒在地。医生连忙抢救，可他的心脏已停止了跳动。

三驴媳妇边哭边骂。那些跟随的人也都很后悔，当时应该追上去几个人，替他一替。可又对齐好收十分地不理解，他为何宁愿出力背人而不用自行车呢？齐好收是外丧，尸体临时放在了医院太平间。他老婆悲悲切切地说："出了这事，一定要告诉他生母一声，才能火化。"

人们这才知道齐好收已私下里找到了他的生母。果然，第二天，医院门口停下一辆小轿车，走出一位鬓发斑白的女干部。她满脸悲痛，看了一眼齐好收的遗容，便老泪纵横。

随后，女干部道出实情。原来，她就是齐好收的生母。早年，她曾在这一代搞过"土改"。有一次，工作队被还乡团包围了，正巧她临盆分娩，婴儿呱呱坠地。突围时，为了不暴露目标，她只好忍痛将婴儿包裹在随身的军用书包里，放到一个麦秸垛里。

后来解放，她来旧地找过几次，都没有找到。后来，工作繁忙，又加上丈夫牺牲在朝鲜战场，就把寻子的事搁下了。直到去年，她在火车站等车，偶尔间看到齐好收身上背的军用书包，母子这才相认，哭诉一番。

齐好收怨恨无比，为啥生下他又抛弃了他，让他在乡下这么些年一直抬不起头。生母愧疚难当，非要留下他，给他安排工作。可他执意要回去，说自己娶妻生子，早已习惯了乡下的生活。生母见阻拦不住，就拿出自己私蓄，托人买了一辆自行车，送给齐好收，他说啥也不要。生母就哭着说："娘知道苦了你，用啥也补偿不了，可当时形势残酷，你要理解为娘的苦衷。"

最后,齐好收挥泪推走了那辆自行车。

众人恍然大悟,万没想到事情是这样的。

齐二轮出殡那天,他老婆雇了纸糊匠,扎了一辆自行车,送到了他的坟前,一把火烧了。

陪你一起慢慢变老

蓝 月

是时候离开了。

她站起身，还是忍不住留恋地看了看屋内熟悉的一切，失去镜子的梳妆台就像一个老迈的妇人，无神地看着她。

这个有着鸭蛋形镜子的梳妆台，曾经是她的最爱。

每一天她都要在镜子前仔细地梳妆，她喜欢丈夫阿刚痴迷缠绵的眼神，她觉得自己就像阳光中的花儿，散发着甜美的芬芳。

那个早晨，阳光一如既往地灿烂，她起床后，像往常一样坐在镜子前，却在镜子里看到了一张苍老松弛的脸。谁？她转身看了看，一个人没有，这才意识到镜子里的居然是自己！她大叫一声晕了过去。

醒来后，她依然不敢相信，颤抖着走近镜子，再一次晕倒。

再次醒来，她执拗地寻找镜子，镜子已经不在。

阿刚紧紧搂住了她，说："没事的，咱们去看医生，很快一切都会恢复原样的。"

于是，两人开始了辗转的求医之旅。她也不断地安慰自己，会好的，会好的。她甚至觉得这一切都不是真的，只是一场噩梦而已，说不准睡一觉醒来全都好了。她不停地捏自己的脸，抽打自己的脸，希望能从噩梦中醒来。

　　慢慢地,从阿刚日益消瘦的身形和疲惫的眼神中,她明白了噩梦已成事实。就像被巫婆施了魔法一样,她美丽的容颜在一夜之间已经"香消玉殒"了。

　　她拒绝再出去治疗,她受不了别人像看怪物一样看自己,那些目光就像一支支利箭,把她穿透。她就像一张破败的蜘蛛网,摇摇晃晃,丑陋不堪。她拉上所有的窗帘,拒绝一切光源。

　　她想到了死,死是最好的了结方式。但是阿刚一刻不离地守在她身边,哪怕她一个翻身,他都会噤若寒蝉地把她抱在怀里。他说:"要是你有什么不测,我会一辈子内疚、心痛。如果你还爱我,那么就好好地活下去,相信爱会创造奇迹。"

　　她当然爱他,但是奇迹有可能出现吗?

　　"好吧,等吧。"她绝望的眼神中闪过一丝狡黠。

　　她变得平静,她还主动拉着他上街。人们纷纷投来怪异的目光,她看见他低下了头,步子变得慌乱……她感到他下意识地放开了手……她故意含情脉脉看向他,他有意无意地避开了……再后来,他用种种借口拒绝上街。终于,他对她说,有事要出去一周,让她乖乖在家等他,还说等他回来一切都会好起来的。

多么明显的谎言呀！不怪他，他还是那么年轻英俊，让他整日面对一个老妇人，换了谁都会受不了。但是她还是等了一周，她要让自己彻底死心，然后了无牵挂地离开。

她用围巾捂住脸，快速向外走去。门在这个时候自动开了，一位老者走了进来。

"你是谁？你怎么会有我家的钥匙？"她惊讶地问。

"小美，我是你的阿刚呀！"老者满面春风地伸出手。

"阿刚？怎么可能？"她摇摇头，退后了一步。她无法把眼前的老人和年轻的阿刚联系起来。

"想和你一起慢慢变老/什么山盟海誓都不要/不管岁月多寂寥/世事变换了多少/只要我们真心拥抱……"

是。是阿刚的声音，这是阿刚最喜欢唱的一首歌。她不由自主地迎了上去，变老的阿刚伸出手把她轻轻搂在了怀里。

"你真傻，你真傻……我故意折磨你，就是为了让你厌恶我……你怎么这么傻呢！"她抚摸着阿刚脸上尚未褪去的瘀肿，泪水流成了小溪……

阿刚笑着说："我才不傻呢，一个人的容颜不能代表什么，人都会老去，我们只是提前走了这步而已。以前我不和你上街，是怕别人误解你，让你难堪。现在好了，我可以大方地牵着你的手一起逛街了！"

几天后，街上多了一对相依相偎的老者，他们幸福的身影惊艳了所有人的目光。

"你怎么知道，我会等你一星期呢？"她轻声问他。

"当然。因为我相信你对我的爱。"他说。

寻找回家的路

刘 公

大年初一的上午,雪花像个调皮的孩童,一会儿从长长的溜溜板上倏忽而下,一会儿在秋千上荡来荡去,一会儿又在窗台边鬼头鬼脑地向门卫室内窥探。

下雪,在老家的冬天是司空见惯的事,可在这个南方小镇却有些稀罕。有几个小孩高兴地在马路上嬉戏,不时有欢叫声飘过来。这些,不但没有给王羊羊带来欢愉,反而给他带来了惆怅和落寞。

厂里的人都回家过年了,他没有家,被留在厂里看大门。其实,他有家,他的家在乡城,乡城有他的爸妈,有他的妹妹。他们一直在他的记忆里。

他一有时间,就在网上寻找,寻找的归属地都在乡城,添加的 QQ 好友都是乡城的。从昨天到今天,"寻找回家的路"一直在线。"寻找回家的路"是他的网名。

他继续添加好友,一个"寻找哥哥"的网名使他眼前一亮,他赶紧加了上去,聊了几句,才知道是一个弟弟在寻找哥哥,虽是乡城的,但肯定不是自己的家。

又一个"寻找好哥哥"的网名映入眼帘,他激动地加了好友,对方很主动,第一句就是"好哥哥"地叫。"请你介绍一下自己。"王羊羊敲了几下键盘。

"我是一个漂亮的女孩,很丰满但不胖,有两条修长的美腿,有一双勾魂的眼睛,男人见了我,都会多看几眼。来吧,好哥哥,我要价不高……"

没等"寻找好哥哥"说完,王羊羊就把她拉入了黑名单。

外面,雪花渐渐稀了,玩耍的孩子早已不见了踪迹,小镇陷入死一般的寂静。门厅上的大钟时针指到十二点半了,他觉得有些饿了,泡了碗方便面盖好,继续在网上寻找乡城的家。

"寻找儿子"这个网名,使他疲惫的神经一下子兴奋了起来。加上了之后,他就和对方聊了起来。对方说她是代爸妈寻找儿子,爸妈常年以泪洗面,对话框里出现了两个流泪的小人。

王羊羊似乎觉得这就是他要找的家。他嫌打字慢,建议"寻找儿子"用语音聊天,对方刚好有音频耳麦。

"孩子，把你的情况说一下。"女孩的爸爸说话了，满口的乡城方言。

王羊羊仿佛闻到老家窑洞里的潮霉味，还没说话，眼泪就止不住地淌了出来："大叔，我把情况说一下，您老听听，看我是不是您老要找的儿子。"

"孩子，快说吧，我找了十几年了，头发都找白了。"男人的声音很急切。

"大叔，我四五岁的时候，那天下着雪，我和小伙伴们在村南边的打麦场里玩得正欢，一个男人给了我一颗糖果，随后就把我抱走了。坐了好久的火车，在一个有很多人的车站下了车，车站里有很多警察，男人说上个厕所，就不见人了。一个瘸腿的叔叔收留了我，他捡破烂供我上学，我上初一的时候，叔叔出车祸死了，我就在小镇上打工。"

"可怜的儿子，苦了你了。我的儿子就是下雪天不见的。你……你应该就是我的儿子！"男人哭了。

"大叔，你别哭。刚才打字的妹妹好吗？"

"好。儿子，你现在叫啥名字？"

"大叔，我叫王羊羊。"

"儿子，你不见了后，妹妹天天哭着要你，天天哭呀……"男人的哭声更大了。

"大叔，我记得我家的窑洞外面有棵枣树，枣树上老拴着一头骡子，旁边有辆马车。妹妹刚学会走路，好哭。"

男人一怔，止住了哭，少顷就说："是啊，儿子，窑洞前是有棵枣树，枣树上老拴着一头骡子，旁边有辆马车。你妹妹小时候是好哭。"

"爸——"王羊羊哭着叫道。他多年的寻亲梦，眼看就变成了现实。

"儿子别哭，别哭，儿子。"

"我妈，她老人家好吗？"

"你妈很好。让你妹跟你说话。"其实，妈的身体并不好，多次寻找儿子无果，妈的精神早就有些错乱。

"哥，我想你呀！你值班到初几？"

"妹妹,到初七,初八我就往回赶。"

"啊?你哥哥要回来?"妈似乎听清了女儿跟儿子的对话,神志一下子清醒过来。

…………

正月初九的晌午,王羊羊在乡亲们的鞭炮声中走进了自己的家:窑洞前有棵枣树,枣树上拴着一头骡子,旁边有辆马车。他见到爸妈和妹妹,第一时间向他们跪下,头挨着地磕了三个响头,一家人哭得伤天动地。全村人都跟着抹泪水。就连刚买几天的骡子,也仰起头嗷嗷地大叫,眼泪一潭一潭地往外冒。

一家人团圆,皆大欢喜。

村里有好心人劝男人做个亲子鉴定,以免有误差,男人头一偏,大黑牙一龇:"谢了,我认定王羊羊就是我的儿子。"

"没错的,王羊羊就是我的亲生儿子。"母亲抱着王羊羊,生怕王羊羊再被别人抢走。

全家福

邱　天

　　老父亲最近嘴里总唠叨着，我仔细听像是说"照片"俩字。自打老父亲从医院回来后，就总这般唠叨。

　　我问："爸，您说的是照片？"

　　老父亲点了点头。看来他老人家头脑还算清醒。年届耄耋的老人最怕摔，那天老父亲踩小木凳双手伸向大衣柜顶摸索，却不料没能站稳摔倒了，我们急忙送他到医院抢救，出院后便落下这毛病。

　　我看看大衣柜顶，那里有个樟木箱。我踩着木凳将木箱取下，打开看，箱里的确有张照片，黑白的，两寸大小，已经发黄，可以看清，照片背景是一座小型炼钢炉，一位彪形大汉手持一个铁锅，正准备投进炉中。

　　看着这张照片，我想起老母亲生前讲的一段往事。那时正逢大炼钢铁，全民齐动员呢，响应号召赶超英美。当年的父亲年轻气盛，见家里也没有什么可送去炼钢铁的了，就将灶台上的铁锅拎到人民公社。也不知道是哪家报纸的记者拍下了这张照片，并配了新闻稿。父亲出名了，上了"群英榜"，而家里没了铁锅烧饭，尽吃公社食堂竹筒饭，饿得个个面黄肌瘦。

　　我将照片递给老父亲。老父亲却直摇头。不是这一张吗？我继续在樟木箱里翻找，找着一张儿子肖大可的照片。儿子肖大可是咱家的骄傲，警官

学院毕业后,成了一名缉毒警。大可在一次围捕毒枭的行动中机智骁勇,在战友协同下擒获毒枭头目,立了三等功。照片中身披鲜红绶带的儿子面带微笑看着爷爷。我看见老父亲双眼含着泪水,嘴里断断续续吐出仨字:"全家福。"

"全家福?"我突然明白了什么,问父亲:"您老说的是拍一张'全家福'照片吗?"

父亲微微点点头,眼里闪着泪花。

父亲这辈子真的没有照过什么相,除了那年记者给拍的一张,再就是做身份证时拍过。记得那年暑假我带妻儿到海南旅游,带父亲同去。我们没有相机,景点的摄影师说,老先生拍一张"全家福"留作纪念吧,十元,立等可取。

我说："拍吧。"

父亲说："怎就'全家福'了？我有三儿一女呢，都没在，不拍了，不拍了。"

我想，父亲一定是心痛十元拍一张照片，另外，摄影师说拍"全家福"也不妥，伤了父亲的心。结果就没拍成。这成了老父亲的一块心病吗？

我跟老伴儿说了这事。

老伴儿心事沉重，说："公爹这一摔，脑出血呢，怕是留下了后遗症……"顿了顿，她接着说，"再有十来天，是公爹的八十六岁生日，就让二弟、三弟、四妹过来聚一聚，拍个'全家福'吧？"

我的两个弟弟和小妹都在外地工作，给老父亲做生日，请个假回家一趟应该没问题。问题是，我的儿子肖大可的工作性质特殊，能不能请假回来，难说。兄弟姐妹电话通知遍了，都说行，应该的。而给儿子挂电话，他老关机。我给他单位缉毒大队领导去了电话，领导电话里说，肖大可在执行任务呢，暂时不能与家属见面。如果任务顺利完成能赶上日子，会准假让他回去的。儿子肖大可是缉毒警，我理解他工作的保密性。

四妹回来最早，提前一天到了，妹夫忙，要当天到家。四妹拉着老父亲的手嘘寒问暖，父亲呆滞的面庞有了微笑。

四妹说："爸，您老这一摔，摔疼了女儿的心哟。女儿这趟回家，留下多陪您几天。"

看着老父亲无法用话语清晰表达难受的表情，四妹的泪水不由自主地淌了出来。

老父亲生日那一天，二弟、三弟、妹夫携儿带女都陆续回来了，其乐融融。大家都向老父亲祝贺，孙子辈的，围着老寿星亲热。只是老父亲因病无法正常说话，老泪纵横。我知道，老父亲惦记着大孙子肖大可呢！

是呀，我儿子大可真的不能回家给爷爷过生日吗？

我老伴儿忙里忙外弄了一桌酒菜，招呼着弟妹们、侄子们入席。恰这时，我的手机响了，是儿子缉毒大队领导打来的："肖大可同志在执行任务围剿毒贩的战斗中，为了营救战友挺身挡住毒贩射来的一颗子弹，不幸牺牲了……"

我的头脑"轰隆"一下，一旁的老伴儿应该也听到了，一声号啕……

在场的人怔住了，呆在原地。我看见老父亲止住了眼泪，默默坐到了座位上。

应约而来的影楼摄影师走进厅堂，他是来照全家福的。他招呼大家："各位亲戚，集中一点，大家朝老爷子靠拢吧！"

我带头走向了父亲，二弟、三弟、四妹……大家默默地依次排列在老父亲的左右前后。

突然，老父亲站起身，蹒跚着走向里屋。我赶紧跟了过去，但见老父亲拿来了孙子肖大可的照片，然后又走向厅堂正中央，将我老母亲的遗像取下。老父亲拿着两张照片回到座位，将母亲的照片放在右边的椅子上，左手将孙子肖大可的照片贴在左胸前。

"照'全家福'喽！"这话是老父亲喊出来的，声音洪亮，泪水却汩汩地冒了出来……

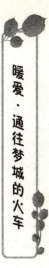

又到清明

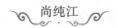
尚纯江

老班长,你还好吗?三十五年了,我按照当初在你墓前的誓言,完成了我自己交给自己的任务。爹走了,走得很安心;娘走了,也走得很安详。

——夏梁坐在老班长洪文的墓碑前,把一杯酒洒在地上,然后点燃一支香烟放在墓碑上的照片前。

老班长,这酒是咱家乡的酒。娘说,这酒是你最爱喝的。每次回家,娘都去镇上给你打酒喝。那时,这酒包装没有这么好。有瓶装的,有散装的。你说,你最爱喝散装的。散装的,够劲!娘说,你其实爱喝瓶装的。怕花钱。那时,你每月的津贴十来块钱,都寄给家里了。说娘有病,妹妹要上学,爹也好抽两口,都需要钱。可那时当兵的,一个月的津贴就十来块钱。我记得当年我的津贴是六块钱,第二年才七块。你是老兵,十二块钱。记得你有一个针线包,说是女朋友送的,很精致。里面针头线脑啥都有。你衣服破了,就自己缝。针脚大,像你的脾气;又很规矩,像你的作风。

看看,老班长,扯远了。对,抽烟。我记得你说你不抽烟,说烟害人害己。可有一次,我看见你抽烟了。在营房后的山上。你抽的是烟沫,很呛人的。我说班长,你咋抽这烟?你说这烟过瘾,有劲。我试着抽了一口,差点没呛死。这烟是咱老家的烟。咱爹最爱抽。

你知道,老班长。那年我提干后,先向你报的喜,然后回咱家,向爹娘报喜。我说,爹,娘,班长走了,我就是你儿子。我给你养老送终。爹娘说,这哪能啊?你也有爹娘的。

是的,我也有爸妈,可我还有一个哥哥呀。

娘说,你媳妇同意吗?我说,她同意。

就这样,我像你活着时一样,给娘寄钱,供妹妹上了大学,打发妹妹出了门。班长你看,我说这些干啥,像邀功似的。不是,班长,这不是娘也走了嘛,我的任务完成了嘛。我没食言,让你放心。

后来,我转了业,我要求分配到了咱家仙城。哦,的是,我老家是四川的。爸妈也在四川。可咱爹娘在仙城啊。

这三十年,我像亲儿子一样照顾两位老人家。爹后来患了气管炎,咳嗽得厉害,最后把烟戒了。你不知道爹戒烟费了多大劲儿。我说,爹,戒烟、限酒最好。少喝两杯酒,对身体有好处。咱家乡的酒你一天喝点,对身体蛮好的。爹按照我说的,每天晚上哼着豫剧喝二两。爹活到八十岁才走。爹说,我这个儿子比亲儿子还好。这是爹夸我。其实,我做得还不够好。

你不知道，我转业后在县里当了一个局的局长。爹受人之托，让我违规给他办一件事。我没办。爹气愤地说，没有我儿子在后面掩护你撤退，你会有今天？我说，爹啊，当年老班长一个人断后牺牲了，让我有了今天不假。可我要听爹的，就要犯法犯罪啊。权力，是用烈士的鲜血换来的，是人民赋予的。为了个人的利益，去犯法去犯罪，侵犯人民的利益，那些烈士在九泉之下会安心吗？爹说，我不懂大道理，你就是没良心！

那时刻，我心里好痛苦。

后来，爹好长时间不搭理我。直到有一次爹生了病，生活不能自理。我床前床后给他擦屎把尿的，伺候了十来天。爹被感动了，说，就是亲儿子也只能这样了。

爹总算理解了我。

老班长，娘在前几天也去世了。老太太为人和蔼，心态平和，跟俺媳妇很相投。俩人好得像母女一样。我女儿是她老人家一手带大的。老太太下葬那天，女儿哭得死去活来。女儿说，她才给奶奶买一件名牌的鸭绒背心，奶奶还没有穿；才给奶奶买的北京烤鸭，奶奶还没有吃。老班长，你知道咱女儿叫啥吗？叫夏洪玲！

好了，不说了。原来我不是爱说道的人，今天不是清明节到了吗？再说，我今年也六十岁了。刚办的退休手续。退休后，我打算回老家住几年。我爸妈说，他们想我了。你说，我也要做几年爸妈的孝顺儿子不是？他们也都八十岁的人了。人老了，想自己的亲人！

好了，不说了。老班长，我给你敬个礼就走，你保重。放心，像以前一样，每年清明，我会来给你说说话的，也会给爹娘烧点纸钱的。爹娘走了，你们要是能见上面，就不寂寞了。陪爹娘说说话，好吗？

——暮色中，夕阳照耀着山脚下的烈士陵园，洒下一片金色的余晖。山上的松树林，郁郁葱葱，涛声阵阵。夏梁站在暮阳里，向老班长敬了礼，转身走了。他步伐坚定，如年轻军人。

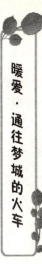

吉祥三宝

孙艳梅

老曲是一个收废品兼拾荒为生的男人。天天与垃圾打交道,却很快乐。

别人挂车前面的喇叭里响:"收破烂咧!谁家有破烂拿来卖咧!"

老曲的喇叭里是《吉祥三宝》,喇叭唱:"太阳出来,月亮回家了吗?"

老曲大声回答:"没有。"

喇叭又唱:"星星出来,太阳去哪里了?"

老曲更大声地回答:"在天上。"

伴随着吉祥三宝,老曲走街串巷。

有人问:"你一个收破烂的,天天恣的啥呦?"

老曲说:"咱也有'吉祥三宝',能不恣吗?"

人问:"你还有三宝?"

老曲骄傲地说:"电驴子、酒、儿子。"

老曲的三宝之一电驴子,是辆机动三轮车。电驴子每天载着他走街串巷,再多的破烂、再远的路程,老曲也不愁。

酒是老曲的三宝之二。他有一个大塑料桶,里面盛满了在村口的小卖部打的散酒,每天"下班"回家,美美地喝上两杯,感觉像活神仙一样。

关于老曲嗜酒的故事有一箩筐。最让村里人津津乐道的是老曲把老婆

揍跑了的故事。老曲人长得瘦小,干的又是这个营生,一直说不着媳妇。三十岁那年,他拾荒路上遇到一个逃荒的女人,把女人像捡废品一样捡回了家,洗洗后,那女人竟然蛮白净,惊得老曲两眼放光,搓着手,嘿嘿地笑了半天。

有一天,媳妇问老曲要钱,想去赶集买衣裳,媳妇说:"我知道你有钱。"

老曲端起小酒杯抿一口说:"我是有钱,但我这钱是有大用处的。"

媳妇把酒杯一夺,摔地上说:"那你干脆把酒戒了,攒得更多。"

老曲一巴掌把媳妇打翻在地,说:"敢摔老子的酒杯?"

媳妇爬起来就跑了,从此不知去向。

老曲酒醒后,很懊悔,犄角旮旯找了几回,没找到他媳妇,也就算了。老曲这么安慰自己:"好歹我有儿子,我的儿子。"

老曲的儿子县府也是捡来的。他在县府门前的垃圾箱捡破烂,看见旁边有一纸箱子,扒拉开,里面有个小小子睡得正香。老曲给小小子起了个很响亮的大名,叫县府。不光因为在县府门前捡的才叫县府,我儿子将来还要进县府。老曲很骄傲地对捡来的媳妇说。

媳妇说:"龙生龙凤生凤,老鼠生的会打洞。"

老曲恼了,大声说:"你的意思收破烂的儿子不能当县太爷?你等着瞧。"

可这个没福气的媳妇还没等到县府有出息就被打跑了。

你别说,县府的确争气,整日在散发着一股浓浓的垃圾味儿的屋子里学习,成绩一直名列前茅。只是供一个学生需要的钱多啊,老曲多年的积攒哗哗地流水似的往外淌,别说钱像流水一样淌,即使像大河一样淌,像大海一样淌,他老曲眉头都不会皱一下。

县府上高一的时候,一下子后退了十多名,老曲偷偷去学校和县府的班主任"沟通"。那个像槐花一样好看的女老师告诉他,县府英语"瘸腿",最好给他买个录音机练习口语。第二天,老曲就进城抱回来一个。

县府问："你哪有钱买这个?"

老曲拍拍胸脯说："老子有的是钱。"

县府发现家里的电驴子不见了,换了一辆人力三轮车。县府嚷嚷："你有钱,怎么还把电驴子换成人力的?"

"天天坐电驴上,人都发福了,人力三轮车,锻炼身体哩。"老曲拍拍脚边的塑料桶,说："老子没钱,能喝得起酒吗?"

有一天,县府正在做功课,来了个花枝招展的女人,女人上下左右满含热泪打量着他,弄得县府莫名其妙。

过几天,女人又来了,她和老曲谈判："我是他妈,没有人比我更爱他,我以前抛弃他,有迫不得已的原因,你若真心想让他长大出息,就让我带他走。"

县府走的那天,老曲坐在桌前喝闷酒,一杯接一杯。县府说："爹,我走了啊。"

老曲喝醉了,不理他。

女人的轿车停在村口,县府临上车时,忽然想起他爹的"吉祥三宝",如今只剩"一宝"了,决定给爹打回酒,算尽点孝心。县府问女人要了钱,拐向村口的小卖部。

小卖部的人说："你爹不是戒酒了吗?"

县府说："不会吧? 现在他还醉得不省人事呢。"

小卖部的人说："可是他已经一年多没来打酒了。"

县府往家里跑去,老曲目光呆滞地坐地上,正跟着喇叭小声唱着——

"星星出来,太阳去哪里了?"

"在天上。"

"我怎么找也找不到它?"

"回家了。"

县府提起老曲身边的塑料桶,仰天喝了一口,是水。

青叶流香梦故乡

天 井

那个铜壶架在炭火上正冒着水汽,古铜色的包浆泛着厚重感,她很想伸出手去摸摸,她按住了打麻花的壶提手。"美!"一个字从她嘴里喷出了。

"这可是百年老壶哦,祖上传下的。"碗茶店老板根老说,"在周庄,只要你随便捡个物件,或许就是一段历史呢。看见壶皮上温润的包浆了么? 那是几代人留下的印渍,美吧。"

"是美!"她点点头,然后又说,"真美!"

"呜! 呜! 呜!"水壶叫了起来,水汽四散。

夜色已起。碗茶店炉火发出的耀光犹如夜明珠的突然乍现,让她从心底惊起一泓春水,迷漫在记忆的长河里。

炭火烧水,冲茶便香溢。她呷了一口茶,清了清神。然后,远眺。有舟正穿桥而过,她似乎听到了游客的嬉笑声。

她说:"老板,快要来客啦。"

"是到了喝茶的间隙了。"说罢,老板一甩肩,一条泛着汗味的毛巾便在空中划了道弧光,就像追忆什么似的,又收敛得利落。她想,周庄的夜要的就是这种裹着的乡土味儿,厚重之中,牵动着温暖的茶香。

还是像说好的一样,碗茶店四周的灯笼齐齐出彩了,印着河水羞涩地漾着。她可以看见昨天的自己，在镇上的弄堂里，靠在自家的门前，搬了个竹椅，帮着母亲摘着菜叶儿。

母亲说："小镇的能耐就在这，母女可以闲着性子絮叨。"

两人你摘一片菜叶儿，我又摘一片菜叶儿，清水濯过，然后呵呵地笑着。

傍晚这个时候，父亲想必还在哪个码头帮着装货，内城河向来发达，码头常是大户人家进出家门的一块地儿。

"父亲想必那时也喝上碗茶了吧?"她说出这些话的时候，母亲就停了手中的活儿，看着她笑。

"要是你是千金大小姐，或许就不会有这么多想必了。你呀，你连你父亲是干啥的都不知道吧?"母亲突然没有了笑容，郑重地说，"你父亲可是有名的风水先生，别看他着一身船工服，可那是为了方便与安全。大户人家最是喜欢有学问的风水先生的，所以，你父亲挣的钱多。钱多了最怕什么呢，你明白了吧?"

她在心里笑了。

家里的铜水壶叫了起来。母亲起身说："该为你父亲泡碗茶了。你父亲也该到家了。"

夜色沉下去的时候，父亲没有像往常一样乐呵呵地直往家门进，而是站在了门口，抽起了烟。她发现，地上的纸烟头有七八个，看得出来，父亲心事重重。

"爹!"她叫了句，"你咋不进家门呢，妈已为你泡好了碗茶了。"

"哦。"父亲扔掉了最后一支纸烟，转身进了家门，第一次吩咐她说，"关上门吧，浓夜要来了。"

她愣怔了。

临走时，父亲的布包里鼓鼓的。她问："爹，你这是要去哪儿呀?"

"孩子，爹要走了，我的孝期已到，今后，你可得多照顾你母亲了。"父亲说，"此次北上，不知哪年月再相见了，全家都要保重。"

暖爱·通往梦城的火车

她头晕了。她第一次听到"北上"二字。啥叫"北上"啊？

"国家兴亡，匹夫有责！我这风水先生该为国尽力了。"父亲说，"孩子，等你长大了，你就会知道的。"

父亲走后，她从母亲嘴里知道了，父亲是姥姥一手拉扯大的。早前毕业于北平的一所大学，后来就参加了革命，又回家守了姥姥的三年孝。所以，在家乡，他以风水先生隐身。事实上，他一直在做地下工作。

夜已在游客嘴上停留了。游客们说："周庄的夜，那是星星提灯的夜，是风儿摇扇子的夜，是船儿打呼噜的夜，更是河水想游子的夜。"

她从河水的倒影里看见了远处的父亲。他还像当年船上的橹夫一样，褂子敞开着，正笑着从内城河中驶来，她的泪流到脸上，她快速地擦了去。

"老板，再添一碗茶，真香啊。"她说，"近四十年没有品到这种味儿了。"

"我这茶店呀，就是为游子们特别开的。"根老说，"我都在镇上住了七十多年了，江南水乡，最美不过青叶香，更美不过故乡情啊。想当年，这种大碗茶可滋润过许多人呢！"

"老板。"她温和地叫了句，"你闻过这种茶叶么？"

她抖抖地将背包中的布包打开，那是一堆干得不能再干的叶儿，但依然泛着陈味儿。

根老眼睛一亮。他握住了她的手，惊异地说："这种农家叶，只有我住的村里有，是特制茶呢。当年，做得最好的要属周姓人家。您贵姓？"

"免贵，姓周。"她重重地说出了一句，然后望着远处，凝神地说，"这可是我父亲留给我的遗物。他生前说，捧一包大叶茶，就当故乡在身边。如有机会，就让茶代我问候家乡父老吧。"

"这正是风水先生之言啊。对了，"根老突然说，"这铜壶还是你母亲后来送我的，她随你定居前，找到我，将此送与我。说是风水先生生前之意。这可是你祖上传下来的。"

"有您承接，一样会让周庄的历史延展的，当然，还有那份炭火之中的温情。"她说完，便轻轻地退出店外。

夜的周庄被陈茶的韵味融化了。

我在这里很好

胡 玲

　　已经两天没吃东西了，走在街上，他浑身乏力，头晕目眩，双腿发软，像街边那块正在招租的摇摇欲坠的广告牌，随时都可能倒下去。

　　路过一家面包店，一阵阵浓郁的面包香味儿扑面而来，他忍不住停下脚步，贪婪地闻起来。顺着玻璃橱窗望进去，金黄的面包宛如一只只精美的金元宝陈列其中，上面裹满了各色肉松、奶油、水果。看着它们，他的口水不听使唤地往外涌，他拼命地咽口水。他好想尝尝这些面包，哪怕是一小口也好。这些面包肯定跟他女人做的大包子一样美味吧！想着，他又咽了几下口水。他突然无比想念家乡，想念他远在家乡的女人。一个多月前，他离开家乡和女人，坐了几天几夜的火车，来到这座陌生的城市。他走的时候，女人的肚子已经大得像座小山了，他快要当爸爸了。家乡贫瘠的土地，不能让他和女人过上富足的生活，他必须出来挣些钱，他要让女人和他即将出生的孩子生活得更好一些。

　　在家里时，他听村里很多人说城里到处是金子，只要肯努力就能挣到钱。可是，他走遍了整座城市，应聘了无数家单位，遭遇的全是冷语和白眼，人家要么嫌他没学历、没文化，要么嫌他是外地户口。在城里吃饭要钱、喝水要钱、坐车要钱、住宿也要钱，尽管他一分钱当两分钱花，饿了买几个馒头吃,渴了就喝几口自来水,晚上偷偷睡在公园的厕所里,但身上的钱还是很快花光了。

此刻,他急需一些食物充饥,而那些面包,像一个个充满诱惑力的精灵,不停地刺激着他,让他快要发疯了。虽然两天前他就身无分文,但他还是怀着侥幸心理,把全身上上下下的口袋仔细翻了个遍,依然是空无一文。他彻底绝望了,一屁股瘫坐在路边的垃圾箱旁,呆呆地看着这座城市。城市热闹繁华,可这一切,都与他无关,他想死的心都有了。但他不能死。他死了,他的女人怎么办?他那尚未出生的孩子怎么办?为了他们,他必须活下去。突然,他感觉屁股被什么东西硌了一下,生疼。起身,他看到一块细长的玻璃,在阳光下闪耀着明晃晃的光,像一把锋利的弯刀。他捡起那块玻璃,心里打了一个激灵,冲进了面包店。

面包店里有好几个顾客正在选购面包。门口收银处,坐着一个女人。女人正在电脑上看电影,表情沉静柔和。

"快,给我一些钱,再给我几个面包。"他用玻璃指着女人的脖子。店里的顾客吓得尖叫连连,如鸟兽四散。女人惊恐失色。她战战兢兢地起身,颤抖着从收银机里取出一沓钱递给男人。男人有些惊慌和害怕,钱没接住,掉

在地上。

男人正要去捡钱，他的手机响了一下，是短信息的提示音。他一手拿玻璃对着女人的脖子，一手从口袋里取出手机。是他的女人发来的信息："你当爸爸了，我刚刚给你生了一个儿子。忘了告诉你，我偷偷在你行李包底层中间的袋子里放了一张卡，卡上有一千块钱，卡号是你的生日，以备你急用。为了我和孩子，你在外面一定要好好的。"

哗啦一声，他手里的玻璃落在地上，裂成碎片儿。他两手紧紧捧着手机，一遍又一遍地看着那条短信，心里涌动着一股暖流。他的眼泪流了出来。他如梦初醒，狠狠扇了自己一耳光。"对不起！对不起！"他满怀歉意地看着收银台前的女人，连声说。女人瑟瑟发抖地瞅着他，吃惊而意外。他将散乱在地上的钱捡起来，整理得整整齐齐，放进女人颤抖的手中。

他打了一个电话给女人："你放心，我在外面很好，吃得好，住得好，工作也找到了……"在和女人的通话中，他忘记了烦恼，忘记了饥饿，忘记了一切，就连警车由远及近的警报声他也没听到。

几名警察冲进面包店。"不许动！"警察把他按在地上，"刚才我们接到电话，说有人到你店里打劫，你没事吧？"一名警察问收银处的女人。

"我想你们弄错了，刚才没人打劫啊！"女人指了指他，说，"他是进来买面包的。"

"真的吗？"警察不相信地问。

"真的，警察同志，一定是有人恶作剧报假案。"女人平静地笑着。

警察离开了。女人从橱窗里拿出一个面包递给他。"吃吧！"女人朝他一笑，说："我的面包店正好缺一个送货工，如果你愿意，就来做吧。"

"好……谢谢……谢谢……谢谢！"男人咬着面包，激动得快要说不出话来。在这座城市里，他第一次感受到了温暖。

他给女人发了一条信息："我在这里真的很好！"

师傅和我的那份感情

李 季

师傅走下车的那一瞬间，我的心倏地动了一下。

师傅明显地瘦了，弱不禁风的样子，还老了很多。我走上前去，握住师傅的手说："师傅，咋这么瘦呢?"

师傅笑笑说："减肥呢!"

师母证实说："是在减肥，每天坚持跑步。"

可师傅从没这样瘦过。

我领着师傅、师母来到一家快餐店。我说："你们坐好，我去买饭。师傅想吃什么?"

师傅说："我还是喜欢吃面条。"

师母说："给我也来一碗面条吧!"

师傅、师母好久没回小城了，怎么也不能吃面条的，我说："换换口味吧!"

"我最爱吃面条了，这你知道的。去买吧，就是面条了。"师傅摆手让我去买。

快餐店里的生意不错，买饭的排成了一条长龙。

师傅或许等急了，也或许是师母让他来看看的，来到我身边。师傅离我

很近。我小声问师傅："你真的在减肥吗？"

"真的，在减肥。"师傅话说得很平淡，眼睛望向前边热气腾腾的地方。

师傅面对我的时候，目光不再停留在我的脸上了。我也不再像当年似的，跟师傅在一起，有小兔子一样的东西在心里乱跳。

在别人眼里，师傅不像个师傅。工作之余，师傅就在机床旁，教我跳交际舞，窗台上放一台小录放机。我和师傅在机床旁翩翩起舞，师傅的交际舞跳得可好了，而我，只要离开师傅跟别人跳舞，就不会迈步。

下班后，我和师傅来到宿舍门外的梧桐树下，师傅教我弹吉他。每晚，我们都沉浸在美妙的乐曲声中。

在车间里，我和师傅被旁人看成另类，看成关系不正常，大家都躲开我们。

那天，师傅跳出汗了，我递给师傅一杯水。师傅冲动地攥住我的手，一股电流通过手臂传到心中，那种感觉真的非常美好，我愿师傅今生今世永远攥住我的手。可是，师傅立刻就松开了手，连声说："对不起！对不起！"

我红了脸，低头对师傅说："师傅，别说对不起。"

我知道师傅有了师母，和师母有了一个很可爱的儿子，他们只是暂时分居两地。

那年，在十二名学徒中，我以考试第一名的成绩独立工作了。

我被分到另一个工作间。在院子里，与师傅相遇，我们的目光不由自主地对视……

不久，公司在外地建了一个分厂，师傅申请去了。送别师傅的时候，师傅将我的手握得很重，师傅说："找一个可心的爱人，好好生活。"

时间过去了六年，或许是七年，我结婚了。再看见师傅时，目光就没有在师傅脸上停留。

我将热气腾腾的面条端给师傅时，师傅双手接过去，脸上绽开笑容。师母也笑了，我也要了一碗面条，就像当年跟师傅学跳舞那阵，狼吞虎咽地吃面条,直喊烫嘴。

吃过饭,陪师傅、师母看海,看岛。

师傅在海滩上捡起了贝壳。师傅的手可巧了,当年跟师傅分别时,师傅就是用这些贝壳粘了一只美丽的孔雀送给我,我的名字叫金孔雀。

不知师傅这会儿又想粘啥工艺品。

海里有很多船儿在航行。

师母望着溅起浪花的船儿,对我说:"那年,你送师傅的那艘小船,上面写着一帆风顺的那个工艺品,让我不小心碰掉地了。你师傅从地上拾起碎片,用了十几个夜晚,一点点地粘好,那不是一般的耐性。我就明白了你师傅的心思。"

我的脸一阵发热。我说:"师母,我跟师傅没有什么的。"

师母真诚地说:"我知道,知道。"

师傅将选出的贝壳放进衣兜里,衣兜便沉坠下来,脚步明显地放慢了。

我和师傅还回到已经没有了轰鸣声的车间,看我们用过的机床。

师傅与我话别时,眼睛有些湿润。

我说:"师傅保重!"

师傅声音有点沙哑地说:"你也保重!"

师傅还说:"如果时间允许,我就给你和你师母再做个工艺品。"

师母听后眼里就含了泪,师母用力地抱住我,让我隐隐地感到一份沉重。

师傅走到出租车门边转过头,对我浅浅地笑了。

看着师傅坐上出租车远去了,我的眼睛里不由自主地涌出泪花。

半个月后,我听到师傅去世的噩耗。

老 情

罗 朗

　　老乔把锅碗瓢盆洗涮之后，坐到了梳妆台前。女人迟暮照镜是一件残酷而伤感的事，一头青丝已变灰白，暗淡的瞳眸、斑驳多褶的脸皮，使她不敢多看自己几眼，只不过是匆匆收拾一下。年轻时她可不是这样，天天揽镜自顾不厌，沧桑岁月会把任何一个女人的自恋心理治好。今晚，老乔在颊上扑了一些脂粉，很多年不捣鼓这玩意儿了。又画了眉，画一笔，想一下，她嘴里不由哼起了粤曲小调《平湖秋月》："月老为媒，相爱相敬，效蝴蝶穿花径。"

　　老熊木着脸，背着手，瞅了她一眼，一声不吭地走到阳台去了。

　　老熊种的茶花"十八学士"开了，花鹤翎也开了。他老了爱上园艺，养了几十盆花，每天像照看婴儿一样，浇水、施肥、修剪枝叶，为了使花儿获得充足的阳光，不厌其烦地将一个个花盆挪来搬去。他觉得，植物一茬一茬地生长、开放、凋零，但只要根还在，生命便流转不息；不像人，活到了他这个年纪，再长不出新的牙齿和黑发，内心的活力和激情差不多也泯灭了。很多时候，他安静地坐在夕阳的余晖里，盯着刚抽出来的嫩枝，入神地想些什么。现在，他拿起剪刀，咔咔剪那枝枝丫丫。

　　老乔扑完粉，画完眉，对阳台上老熊伛着的背影说："我去唱戏啦！"

　　他不出声，头也不回。

老乔嘟哝了一句"这死老头"，便开门出去了。

老熊无心继续侍弄花草。近几年来，傍晚时分，都是他在花盆间忙活，老乔在厨房里忙活。他习惯了老乔做好饭后远远喊"吃饭啦"，自己也"嗯"一声，吃完了饭再一起看那无趣而无尽的电视剧。他俩一起打着哈欠或半眯着眼睛，到十点多钟便洗洗睡了。他们一人睡一间房，偶尔才睡同一间房，老乔说他的鼾雷扰人清梦。

他有一天瞅着老乔问："几十年前咋不见你嫌我的鼾声？"

老乔笑说："这跟机器零件的噪声一样，越老越响。"

老乔曾经提议吃完晚饭后，一起去楼下的公园溜达溜达，于身心健康有益，可老熊不想动窝，还搬出一知半解的《周易》理论来说："吉凶悔吝，生乎动者也。万事万物，动必有咎……"所以他宁愿盯着"十八学士"的六轮塔状花瓣看半晌。前些天，老乔一个人去公园活动，扭扭腰踢踢腿，遇到旧相识老杜，老杜邀她一起参加"私伙局"唱粤曲。她有唱功，一唱便上了瘾，今晚

还要粉墨登场。"月老为媒,相爱相敬,效蝴蝶穿花径。"老熊想到老乔与老杜对唱的情景,心里酸溜溜的。他也认识老杜,一个矮小干瘪的糟老头,以前当过中学校长。

老熊索性锁门下了楼。都说人老情也老。情老就如人老走不动、嚼不动、身子渐渐萎靡凋谢一样,而是日久年深,一切都自然而然地转冷了、淡了、薄了,爱不动了,有气无力的样子。老熊与老乔就是这个光景。

可是,当老熊看见老乔对着镜子化妆,还一边哼曲子时,心里又禁不住气呼呼的。他木着脸,背着手,走到公园里,远远就听到吹拉弹唱之声,在一群老叟老妪里,他找到了老乔。老乔正在和老杜唱《珍珠慰寂寥》——说的是唐明皇偷会梅妃的故事。那老杜虽然矮小干瘪,但唱得字正腔圆,有板有眼,唱到一句"待孤携玉手,并香肩,与娇你同到蓬莱仙境……"时,神色亢奋,情深款款地与老乔对望一眼,表示"来电"。老熊狠狠一顿足,骂了一句"老不要脸",转身就走。

当晚,夫妻俩大动干戈吵了一架。他们有很多年不吵架了,还有什么好吵的呢,老熊的心脏不大好,老乔的血糖也高,何必互伤,平时看对方不顺眼,最多是你呛我一句我噎你一句。可这回老熊骂老乔"老不要脸",真惹怒了她。他半解释半发泄地说:"要是正儿八经的粤曲,哪会有这样隐晦下流的文词? 还'携玉手,并香肩,同到蓬莱仙境'呢,你说是不是不知羞?"她细想一下,也有点不好意思,但又怪他吹毛求疵,没事找事,顶了一句回去:"我就和老杜同到蓬莱仙境,又怎么样?"接着便把他年轻时犯过的错——很多男人年轻时都犯过的错——翻出来,又骂又哭。吵了架,第二天她不肯做饭,他饿了一顿,嘴里也不敢多说什么。

此后,老熊照旧莳花弄草,老乔也不去唱大戏了,吃完晚饭后两人一起守着那台旧式电视看,打着哈欠或半眯着眼睛,迷迷糊糊地消磨时光。他们的话越来越少,他们的身体也更加衰老了。日子一天天过去,他们似乎都已忘记,他们当年也曾深深相爱。